시간 고양이

깨어난 북극 바이러스

시간 고양이 6

박미연 글 • 이소연 그림

이지북
EZbook

차례

등장인물

이서림 시간 여행의 비밀을 간직한 열네 살 과학 소녀. 마지막 아프론타 나무 씨앗을 소장에게 빼앗긴 후 타임머신을 타고 30년을 건너 2115년에 도착했다. 매서운 추위의 북극에 불시착한 것도 모자라 의문의 바이러스에 감염된 자들에게 쫓기기 시작하는데……. 과연 서림은 미래의 지구를 구하고 집으로 돌아갈 수 있을까?

은실이 신비한 능력과 놀라운 감각을 지닌 왕할머니 고양이. 추운 건 딱 질색이지만 소중한 친구 서림을 위해서라면 눈 폭풍 속으로도 뛰어들 수 있다냥! 하지만 북극 한복판에서 추위보다 무서운 바이러스의 습격으로 묘생일대 가장 큰 위기를 맞게 되는데…….

강리호 만능 스포츠맨이자 지치지 않는 초긍정 에너지를 가진 체육 소년. 그저 좋아하는 서림의 곁에 있고 싶을 뿐인데 아마존 숲에서 만난 괴물 나무에 이어 이번에는 북극 바이러스에 감염된 좀비 떼가 앞을 가로막는다. 설상가상으로 서림을 지키려다 큰 부상을 입고 만다.

나눅 북극 한가운데서 마주친 이누이트 소년. '강한 북극곰'이라는 이름답게 추위에 강하고 무척 용감하다. 북극 바이러스에 감염된 부모님의 치료제를 구하기 위해 서림 일행과 함께 위험한 여정을 시작한다.

권현욱 아저씨 옥사나 박사를 구하기 위해 찾아간 북극 글로벌 연구 기지의 한국인 연구원. 먼 타지에서 만난 서글서글한 눈매의 젊은 과학자가 몹시 반갑다. 그러나 계속되는 묘한 행동으로 의심의 눈초리를 받던 중 그와 관련한 결정적인 증거가 발견되는데…….

크슈샤 언니 북극 글로벌 연구 기지에서 일하는 조리사. 요리 솜씨도 좋지만 뛰어난 두뇌와 의외의 능력으로 서림 일행을 돕는다. 이후 뜻밖의 정체가 밝혀지면서 서림 일행의 모험은 예상치 못한 방향으로 흘러간다.

1
북극에 불시착이라니

빛이 무수히 쏟아지는 시간의 터널을 빠져나오자 온 세상이 하얬다. 마치 동화 속 신비로운 눈의 나라에 온 것 같았다. 하지만 우리에게는 눈부시게 반짝이는 순백의 풍경에 감탄할 시간조차 허락되지 않았다. 아프론타 나무 씨앗을 되찾아야 한다는 막중한 임무 때문이었다.

타임머신이 속도를 줄이고 북극에 착륙할 준비를 마쳤다. 그동안 리호와 나는 메이가 미리 준비한 체온 조절 슈트로 갈아입었다. 이렇게 얇고 편한데 영하 35도의 북극 추위를 견딜 수 있다니 놀라웠다.

"와, 은실이 슈트도 있어! 너무 귀여운데?"

슈트를 입은 은실이를 보며 리호가 환호성을 질렀다. 은실이는 쫄쫄이 같은 은색 슈트가 어색한지 연신 날카로운 울음소리를 냈다.

"불편해도 어쩔 수 없어. 북극은 진짜 춥단 말이야. 조금만 참고……. 어어, 앗!"

나는 은실이를 달래다 말고 비명을 내질렀다. 갑자기 타임머신이 덜컹거리더니 미친 듯이 흔들렸기 때문이다. 균형을 잡지 못해 바닥에 엉덩방아를 찧은 리호가 앞을 가리키며 소리쳤다.

"저기 좀 봐, 빙벽이야! 빙벽에 부딪히겠어!"

하얗다 못해 푸른빛을 띤 거대한 빙벽으로 우리가 탄 타임머신이 곤두박질치고 있었다.

나는 다급하게 메이를 불렀다.

"메이, 어떻게 좀 해 봐!"

그러자 2160년 미래에서 2115년의 우리와 통신 중인 메이의 당황한 목소리가 흘러나왔다.

"미, 미안! 내가 도착 지점 좌표를 잘못 입력했나 봐."

"뭐라고? 그럼 이제 우리는 어떻게 되는데? 설마 저 빙벽에 부딪히는 건 아니지?"

꽈꽈꽈쾅! 내 질문이 끝나기 무섭게 타임머신이 엄청난 속도로 빙벽과 충돌하고 말았다. 그 충격으로 타임머신이 추락했고, 우리는 그대로 바닥에 나동그라졌다.

"우악!"

이리저리 부딪히고 여러 차례 구른 뒤에야 간신히 정신을 차렸다. 크게 다친 곳은 없었지만, 온몸이 얼얼했다. 하지만 아파할 겨를도 없었다. 불시착하면서 타임머신이 고장 났는지 요란한 경고음과 함께 내부 조명이 꺼졌다 켜졌다를 반복했다. 메이와 통신 중인 홀로그램 영상도 지지직거렸다.

"위급 상황이야. 집으로 돌아갈 수 있는 에너지를 남기려면 나머지 기능은 모두 멈춰야겠어. 48시간 안에 타임머신으로 돌아와서 빨간 비상 버튼을 누르면 집으로 돌아갈 수 있어. 기회는 딱 한 번뿐이야. 이서림 할머니, 우리 미래를 구해……."

메이의 음성이 인공 지능 기계음으로 바뀌더니, 곧 통신이 끊어졌다. 전원이 꺼진 캄캄한 타임머신 안에서 빨간 비상 버튼만 깜빡깜빡 빛을 냈다.

"으아아! 메이, 너 정말! 넌 어째서 어른이 되어서도 덤벙거리는 건 여전하니?"

내가 머리를 감싸 쥐고 괴로워하자 은실이가 위로하듯 품에 안겼다. 리호가 넘어지면서 부딪힌 팔꿈치를 문지르며 내게 물었다.

"그런데 메이라는 사람은 누구야? 왜 너를 할머니라고 불러?"

그러고 보니 리호에게는 미래에서 돌아오지 못할 뻔했다고 말했을 뿐 메이 이야기를 한 적은 없었다.

몇 달 전 엄마와 함께 이웃 나라 바닷가 마을로 휴가를 떠났을 때 타임머신을 타고 온 메이를 만났다. 얼떨결에 미래로 떠나게 된 나는 방사능 오염수로 위험에 빠진 해저 도시 사람들을 도와주었다. 그런데 알고 보니 메이가 타고 온 타임머신은 65년 후의 내가 개발해서 손녀에게 남겨 준 거였다.

"그러니까 메이가 서림이 너의 손녀라는 거야?"

나는 눈이 휘둥그레진 리호를 보며 한숨을 내쉬었다.

"응. 그 덕분에 우리가 미래의 북극으로 오게 된 거지. 아무튼 그때도 메이가 도착 지점의 좌표를 잘못 입력해서 바다 괴물한테 죽을 뻔했다니까. 대체 저렇게 덤벙

대는 건 누굴 닮은 건지……."

나를 닮은 건 절대 아닐 테니 메이의 할아버지, 그러니까 미래의 내 남편을 닮아서일 것이다. 그때는 내 미래의 결혼식 영상을 보고 싶지 않았는데, 지금은 남편이 누구인지 새삼 궁금했다.

"푸하하! 네가 할머니라니 너무 웃긴다. 이서림 할머니, 이제 어떻게 할 생각이에요?"

이런 긴박한 상황에서도 리호가 너스레를 떨었다.

"일단 여기서 나가자. 시간이 이틀뿐이니까 얼른 연구 기지를 찾아가 봐야지."

나는 전자동 타임머신 문을 수동으로 변환해 열었다. 열린 문틈으로 매서운 바람이 파고들었다. 씩씩하게 나섰지만, 막상 눈앞에 펼쳐진 눈과 얼음의 땅을 보니 밖으로 나설 엄두가 나지 않았다.

쭈뼛대는 나와 다르게 리호가 환호하며 바깥으로 달려 나갔다.

"우아, 진짜 북극이야! 북극곰도 만날 수 있을까?"

어떤 상황에서도 좌절하지 않는 밝은 성격을 부러워하며 얼른 리호를 뒤따랐다.

눈으로 뒤덮인 북극 땅에 첫발을 내디디려는 순간, 은실이가 나를 불러 세웠다.

"냐아옹냐아옹."

어느새 은빛 슈트에 적응한 은실이가 입에 무언가를 물고 있었다.

"뭐야, 그건? 앗, 트랜스폼 이어링이구나! 추락할 때 빠진 모양이네. 고마워."

메이가 체온 조절 슈트와 함께 준비해 놓은 자동 통역기였다. 우리가 만나야 하는 옥사나 박사는 러시아 사람이기 때문에 통역 장치가 꼭 필요했다. 나는 이어링이 빠지지 않도록 다시 장착하고 주머니에 넣어 둔 하이퍼폰을 켜 보았다. 출시한 지 30년이나 지난 2115년에는 통신 시스템이 바뀌었는지 대부분의 기능이 작동하지 않았다.

원래 목적지인 북극 글로벌 연구 기지가 여기서 얼마나 떨어져 있는지 알 수 없지만, 일단 출발하기로 했다. 메이의 말에 의하면 연구 기지는 북극에서 제일 큰 섬인 그린란드 최북단에 위치해 있다. 나는 그나마 작동하는 나침반 앱을 켜고 무작정 북쪽으로 걷기 시작했다.

빙벽에 부딪히지만 않았다면 하지 않았을 고생이었다.

그려 놓은 것처럼 짙푸른 하늘 아래 새하얀 눈밭이 끝없이 펼쳐졌다. 눈밭 사이사이 파란빛을 띠는 빙하와 빙벽이 솟아 있었다. 멀리서 쩍 하고 얼음에 금 가는 소리만 희미하게 들릴 뿐 사방이 고요했다.

무릎까지 푹푹 빠지는 눈 때문에 걷는 게 몇 배로 힘이 들었다. 조금 전까지만 해도 덥고 습한 아마존에 있었는데, 지금은 콧속까지 얼어붙을 듯한 북극에 와 있다니. 이게 다 마지막 아프론타 씨앗을 훔쳐 간 소장 때문이다. 그나마 메이가 이 상황을 예측하고 제때 타임머신을 보내 주어서 다행이었다.

반드시 이틀 안에 씨앗을 되찾아야 한다고 다짐하며 고개를 돌렸다. 꽤 완만한 눈 언덕이 보였다.

"올라가 보자. 저 위에 가면 뭔가 보일지도 몰라."

몇 번이나 넘어졌지만 포기하지 않고 하얀 눈 언덕을 올랐다. 헉헉 가쁜 숨을 내쉬며 겨우 꼭대기에 도착했건만 허탈감에 그만 무릎이 꺾이고 말았다. 연구 기지는커녕 어떤 건물도 보이지 않았기 때문이다. 뾰족뾰족한 빙하와 눈밭이 펼쳐져 있을 뿐이었다.

"큰일이네. 이렇게 계속 걸어갈 수는 없어. 뭔가 이동 수단이라도 구해야 해."

내 말에 리호가 울상을 지으며 두리번거렸다.

"그러려면 마을로 가야 할 텐데. 사람 사는 곳이 근처에 있을까?"

내비게이션도 지도도 없으니 막막하기만 했다.

그때 은실이가 무슨 소리라도 들은 듯 귀를 쫑긋거렸다. 그러고는 긴 울음소리를 내며 어딘가를 노려보았다. 아주 작은 점 하나가 우리 쪽으로 다가오고 있었다. 속도로 봐서는 바이크나 자동차 같았다.

리호가 팔짝팔짝 뛰면서 손을 흔들었다.

"여기요! 여기 사람 있어요!"

저렇게 먼 곳까지 소리가 닿을 리 없는데도 점은 순식간에 우리 쪽으로 가까워졌다. 얼마 지나지 않아 스노모빌 한 대가 모습을 드러냈다. 지금 우리에게 꼭 필요한 거였다. 흥분한 나도 리호 옆에서 마구 손을 흔들며 소리쳤다. 하지만 스노모빌은 그대로 언덕 옆을 스쳐 지나가고 말았다.

'그럼 그렇지. 저 먼 거리에서 우리가 보일 리 없잖아.'

우르르 쾅쾅! 걸음을 돌리려는데 갑자기 천둥 치는 듯한 굉음이 울려 퍼졌다.

"저것 봐, 빙벽이 갈라지고 있어! 속도를 줄이지 않으면 틈새로 떨어지겠는데?"

리호의 말이 끝나기 무섭게 미처 피하지 못한 스노모빌이 갈라진 빙벽 사이로 빨려 들어갔다. 추락하면서 여기저기 부딪힌 탓인지 하얀 눈보라가 마구 휘날렸다. 그 모습에 가슴이 철렁 내려앉았다. 눈보라가 점차 옅어지자 절벽에 매달린 사람이 보였다. 스노모빌이 추락하기 전 가까스로 빠져나온 모양이었다.

고민할 새도 없이 우리는 구르듯이 언덕을 뛰어 내려갔다. 거대한 빙벽이 갈라지며 생겨난 틈은 넓고 까마득했다. 절벽 끝에 간신히 매달린 사람이 그 속으로 점점 미끄러지고 있었다. 한 번 더 땅을 울리는 진동이 느껴졌다. 나는 매달려 있는 사람을 구하려고 달려가던 리호에게 다급하게 소리쳤다.

"멈춰! 얼음이 너무 약해. 우리 무게가 더해지면 완전히 무너져 내릴 거야!"

리호가 멈춰 서더니 주위를 두리번거렸다. 아마존 밀

림이라면 매달린 사람에게 던져 줄 덩굴이나 나뭇가지 같은 게 널렸을 텐데, 북극에는 고작 눈과 얼음뿐이었다. 그때 리호의 허리춤에서 무언가 반짝였다. 무슨 일이 있어도 꼭 가져가야 한다던 접이식 티타늄 검이었다.

"리호야, 그 검을 이용해 보자."

나는 길게 펼친 검을 쥐고 바닥에 엎드렸다. 무게 중심을 분산시키기 위해서였다. 리호도 내 다리를 단단히 잡고 땅에 납작 붙었다. 우리는 조심조심 기어서 앞으로 나아갔다. 마침내 검이 절벽 끝에 닿았을 때 내가 큰 소리로 외쳤다.

"들려요? 우리가 당길 테니까 그 검을 잡으세요!"

잠시 후 검 끝에 묵직한 무게감이 느껴졌다. 나와 리호는 젖 먹던 힘을 다해 검을 잡아당겼다.

곧 갈색 털모자를 쓴 사람이 절벽 위로 끌려 올라왔다. 상체가 반쯤 드러나자 스스로 절벽을 기어 올랐다. 놀라운 힘에 감탄하기도 전에 은실이가 날카로운 소리를 냈다.

"냐아아아!"

또다시 땅이 흔들리자 은실이가 절벽을 등지고 도망

치기 시작했다. 나는 은실이를 따라 달리며 외쳤다.

"어서 이쪽으로 와요!"

털모자는 순식간에 우리가 있는 곳까지 달려왔다. 곧 등 뒤에서 얼음 절벽이 무너져 내리는 우르릉 소리가 귓가를 때렸다.

앞서가던 은실이가 안전한 곳을 찾았는지 우리를 돌아보았다. 비교적 평평한 눈밭에 도착한 우리는 헉헉대며 가쁜 숨을 몰아쉬었다. 나는 그제야 털모자를 쓴 사람을 유심히 살펴보다가 깜짝 놀라고 말았다. 겨우 내 또래로 보이는 남자아이가 붉게 충혈된 눈으로 덜덜 떨고 있었다.

'사고의 충격이 심했나?'

나는 걱정하며 물었다.

"괜찮아? 도대체 어떻게 된 거야?"

남자아이는 내 말소리가 들리지 않는 듯 반쯤 정신 나간 얼굴이었다. 남자아이가 두리번거리며 중얼거렸다.

"가, 감염자들이 쫓아왔어. 대피소, 빨리 대피소로 가야 해. 거기서 아빠랑 만나기로 했어."

남자아이가 멍한 표정으로 횡설수설했다. 그러더니

몸을 돌려 달리기 시작했다.

'대체 여기 오기 전에 무슨 일이 있었던 걸까?'

사정이 궁금했지만 지금은 더 급한 게 있었다. 나는 리호에게 속삭였다.

"일단 저 애를 따라가 보자. 대피소에 이동 수단이나 통신 기기가 남아 있을지도 몰라."

얼마나 쫓아갔을까. 눈을 쌓아 만든 돔 모양의 대형 이글루가 눈앞에 나타났다. 남자아이는 이글루에 달린 두꺼운 문을 벌컥 열며 소리쳤다.

"아빠, 제가 왔어요! 나눅이 왔다고요!"

하지만 이글루에는 아무도 없었다. 남자아이가 실망한 얼굴로 중얼거렸다.

"아직 안 오셨네. 무슨 일이 생긴 건……. 아, 아니야. 나랑 약속했으니까 꼭 오실 거야."

남자아이가 다짐하듯 고개를 끄덕였다.

"애, 네 이름이 나눅이니?"

내가 가까이 다가가 묻자 그제야 정신이 돌아온 듯했다. 나눅이 고개를 끄덕이며 말했다.

"응, 아까는 미안해. 나를 구해 줬는데 제대로 인사도 못 했네. 너무 급해서 그랬어. 아빠랑 길이 엇갈리면 안 되니까. 일단 안으로 들어가자."

눈으로 만든 겉모습과 달리 이글루 안은 평범한 통나무집이었다. 벽 쪽에 간이침대 두 개와 옷장이 놓여 있고, 주방에는 식량이 차곡차곡 쌓인 선반이 있었다.

나눅이 집 중앙에 놓인 소형 솔라 히터를 켜자 금세 훈훈한 기운이 느껴졌다. 은실이가 길게 몸을 늘이더니 히터 앞에 자리를 잡고 앉았다. 나도 그 옆에 앉아 다리를 두드렸다. 그제야 피곤이 녹는 듯했다. 나눅이 한결 여유를 되찾은 모습으로 따뜻한 코코아를 타서 우리에게 건넸다.

"여기는 이누이트 전통 학교에서 만든 체험용 이글루야. 아빠가 마을에서 전통 학교랑 박물관을 운영하시거든. 내 이름도 이누이트어로 '강한 북극곰'이라는 뜻이고. 아빠가 이누이트는 은혜를 입으면 꼭 갚아야 한다고 하셨어. 언제가 되든 이 은혜는 꼭 갚을게."

나눅은 결연한 표정으로 말하더니 의아하다는 듯 우리를 바라보았다.

"그런데 너희는 왜 거기 있었던 거야? 그렇게 얇은 옷

을 입고서 말이야."

리호가 우물쭈물하며 나를 쳐다보았다. 2115년은 아직 타임머신이 만들어지기 전이라서 우리가 시간 여행 중이라는 걸 들키지 말아야 했다. 나는 얼른 머리를 굴렸다.

"그, 그게 우리는 북극 글로벌 연구 기지의 한국 학생 체험단으로 뽑혀서 왔는데, 무인 드론이 추락하는 바람에 조난당했어."

완전한 거짓말은 아니었다. 메이가 좌표를 잘못 입력하는 바람에 불시착했으니 조난당한 건 사실이었다. 다만 북극에 오게 된 이유는 달랐다.

나는 메이가 타임머신에서 들려주었던 이야기를 떠올렸다.

"할머니가 구해 준 덕분에 우리는 평화로운 나날을 보내고 있었어. 그런데 갑자기 바닷물이 차오르면서 많은 육지가 사라진 거야. 이유를 알아보니까 2115년에 사망한 옥사나 박사라는 사람과 관련이 있더라고. 메테인을 흡수하는 미생물을 연구하던 박사가 '엔피윔 바이러스'에 걸렸는데, 치료제가 없어서 죽고 말았어. 박사의 연구가 중단되면서 북극 영구 동토층에서 메테인이 빠져나가는 걸 막을 수 없었던 거지. 이 모든 일은 유일한 바이러스 치료제인 아프론타 나무가 2086년에 멸종되었기 때문에 벌어진 거고."

메이도 나처럼 시간 여행을 했기 때문에 바뀐 과거를 기억할 수 있었다. 그 덕분에 이 모든 사건이 연결된다는 걸 깨달았고, 그 순간 내가 떠올랐다는 것이다.

"이 일을 해결할 수 있는 유일한 사람은 할머니뿐이야. 제발 아프론타 나무의 멸종을 막고, 옥사나 박사님을 구해 줘. 다시 한번 우리의 미래를 부탁할게."

아마존에서 아프론타 씨앗을 훔쳐 간 소장이 의미심장하게 말한, 30년 후에 벌어지는 일이 바로 이거였다.

메이의 부탁을 떠올리던 내게 나눅이 다가와 가볍고 따뜻한 방한복을 내밀었다.

"자, 이거 입어. 북극 추위를 얕보면 안 돼."

나는 슈트 위에 방한복을 껴입으며 물었다.

"우리는 조난당했다지만 너는 왜 혼자 여기에 온 거야? 아빠는 언제 오시는데?"

그 순간 나눅의 얼굴이 어두워졌다.

"아빠는 나를 구하려다가······. 아니야, 별일 없을 거야. 엄마를 데리고 대피소로 오기로 했어. 나랑 약속했으니까 꼭 오실 거야."

나눅은 목소리가 점점 떨리더니 울음을 참는 듯 입술을 앙다물었다. 무슨 일인지 궁금했지만 나눅의 심각한 얼굴을 보니 더 물을 수가 없었다.

쿵쿵쿵. 그때 누군가 대피소 문을 두드렸다.

"아빠야, 아빠가 왔나 봐!"

나눅이 반가워하며 문으로 달려갔다. 솔라 히터 앞에서 꾸벅꾸벅 졸던 은실이가 갑자기 고개를 들더니 문을 향해 하악거렸다. 날카로운 은실이 울음소리에 머리끝이 쭈뼛 솟았다.

나는 나눅에게 급히 소리쳤다.

"나눅, 문 열면 안 돼!"

하지만 문은 이미 열린 후였다. 문 앞에 시커먼 그림자가 차가운 눈바람과 함께 서 있었다. 그림자가 목을 기묘하게 움직이며 한 발짝 안으로 들어왔다. 마치 줄이 연결된 마리오네트처럼 부자연스럽게 몸을 이리저리 뒤틀었다.

곧 이글루의 환한 조명 아래 얼굴이 드러났다. 사람 같지 않은 잿빛 피부에 온통 붉은 반점이 퍼져 있었다. 눈동자는 흐린 막이 낀 듯 탁했고, 아무것도 보이지 않는 것처럼 초점이 없었다.

나눅이 놀라 뒷걸음질 쳤다.

"아, 아빠가 아니잖아."

그 말에 대답이라도 하듯 흐느적거리던 남자의 입이 벌어졌다.

"우어어어. 우어."

소름 끼치는 이상한 소리에 심장이 내려앉는 것 같았다. 손끝이 덜덜 떨리고 온몸에 공포가 퍼져 나갔다. 머릿속은 도망쳐야 한다는 생각으로 가득했지만, 몸은 얼어붙은 듯 움직이지 않았다.

남자가 무언가를 찾는 것처럼 잿빛 얼굴을 확확 돌리더니 나를 잡겠다는 듯 성큼 다가와 팔을 휘둘렀다. 입에서 저절로 비명이 터져 나왔다.

"조, 좀비야. 좀비가 나타났어!"

2
좀비의 습격

2115년에 좀비가 나타나다니, 말도 안 된다. 좀비는 옛날 영화에나 나오는 비과학적 존재란 말이다. 하지만 눈앞의 남자는 영락없이 좀비처럼 보였다.

좀비가 괴상한 소리를 내며 나에게 달려들었다.

"우어어어. 우어."

그런데 좀비는 나를 휙 지나치더니 이글루 가운데 놓여 있는 솔라 히터로 돌진했다. 그 바람에 히터가 넘어지면서 전원이 자동으로 차단됐다. 그러자 좀비는 코를 킁킁거리며 은실이에게 다가갔다. 놀란 은실이가 꼬리를 바짝 세우고 선반 위로 후다닥 도망쳤다. 좀비가 그

뒤를 쫓아 막무가내로 몸을 부딪치며 선반을 무너뜨렸다. 그럴 때마다 은실이가 옆 선반으로 도망갔지만, 이제 더는 피할 곳이 없었다.

나는 비명을 질렀다.

"안 돼! 은실아, 도망쳐!"

리호가 티타늄 검을 치켜들고 좀비를 가로막았다.

"서림아, 은실이를 데리고 얼른 내 뒤로 와!"

내가 급히 손짓하자 벼랑 끝에 몰린 은실이가 얼른 달려와 안겼다. 은실이의 작은 심장이 연신 팔딱거렸다.

은실이와 내가 몸을 피하자 리호가 티타늄 검을 있는 힘껏 휘둘렀다. 리호의 공격에도 좀비는 살짝 휘청거릴 뿐 아픔을 느끼지 못하는 것처럼 다시 빠르게 다가왔다. 그사이 좀비의 피부는 잿빛에서 흑빛으로 점점 어두워졌다.

리호가 좀비를 공격하며 물었다.

"왜 하필 은실이를 노리는 거지?"

지친 목소리였다. 언제까지 의미 없는 공격만 하고 있을 수는 없었다. 그 순간 처음에는 나에게 달려들던 좀비가 그다음에는 솔라 히터로 향했던 것이 떠올랐

다. 히터가 꺼지자 그다음 목표는 은실이였다. 그렇다
면…….

"온도 때문인가? 아무래도 따뜻한 걸 공격하는 모양
인데. 고양이는 사람보다 체온이 1도에서 2도 정도 높
거든."

내 생각이 맞다면 좀비를 막을 방법은 하나뿐이었다.

나는 얼이 빠져 있는 나눅을 불렀다.

"나눅, 정신 차려 봐!"

내 목소리에 나눅의 멍한 눈이 생기를 되찾았다. 나는
솔라 히터를 가리키며 소리쳤다.

"히터를 켜서 놈을 밖으로 유인해. 할 수 있지?"

나눅이 고개를 끄덕이고 재빨리 몸을 일으켜 솔라 히
터를 켰다. 예상대로 좀비가 히터를 향해 몸을 돌렸다.
나눅이 히터를 들고 문밖으로 내달리자 좀비는 텅 빈
눈동자로 팔을 휘두르며 나눅을 따라갔다. 마침내 좀비
가 이글루 밖으로 나갔다.

나는 나눅에게 큰 소리로 외쳤다.

"이제 히터를 멀리 던져 버려. 그리고 얼른 돌아와."

나눅은 내 말대로 히터로 좀비를 따돌리고 이글루로

달려 들어왔다. 우리는 문을 걸어 잠그고 숨죽인 채 바깥에서 나는 소리에 귀를 기울였다.

다시 문을 두드릴 거라는 예상과 달리 아무 소리도 나지 않았다. 리호가 밖을 확인해 봐야겠다며 슬쩍 문을 열었다.

"어? 좀비가 죽은 것 같아. 움직이지 않는데?"

말릴 새도 없이 리호가 문밖으로 나갔다. 무섭지도 않은지 나눅도 뒤따랐다. 어쩔 수 없이 나도 은실이를 안고 나갔다. 눈밭에 엎어져 있는 좀비가 보였다. 좀비 주변에만 눈이 녹아 있었다.

리호가 가까이 다가가 살펴보더니 고개를 갸웃거렸다.

"이상해. 피부가 완전히 새까맣게 변했어. 그래서 죽었나?"

죽었지만 살아 있는 것처럼 움직이는 게 좀비인데 다시 죽다니, 너무 이상했다. 게다가 과학적으로 움직이는 시체가 존재할 리 없다. 그렇다면 조금 전까지는 살아 있던 걸까? 어쩌면 좀비처럼 보이는 병에 걸린 건지도 모른다. 생각이 거기까지 이르자 불현듯 메이의 말이 뇌리를 스쳤다.

"설마, 이게 메이가 말한 엔피원 바이러스?"

온몸에 소름이 돋았다. 나는 좀비, 아니 감염자에게서 두어 걸음 물러나며 소리쳤다.

"가까이 가지 마! 바이러스 감염자인 것 같아!"

리호가 화들짝 놀라 뒤로 펄쩍 뛰었다. 하지만 나눅은 입술을 바르르 떨며 중얼거렸다.

"역시 그런 거였어?"

"나눅, 뭐 아는 게 있지? 이런 사람을 본 적 있는 거야? 어디서?"

내가 다급하게 물어보자 나눅이 심각한 얼굴로 입을 열었다.

"며칠 전부터 마을 사람들이 하나둘 아프기 시작했어. 처음에는 별일 아니라고 생각했지. 그런데 하필 마을의 주요 시설과 로봇 닥터가 전부 고장 난 거야. 사람들이 우왕좌왕하는 사이에 환자는 급속도로 늘어났고, 외부로 통신도 연결되지 않았어. 그러다가 어제저녁에는 우리 엄마마저 쓰러진 거야."

엄마 생각에 목이 메는지 나눅이 잠시 말을 멈췄다. 그러고는 까맣게 변한 채 죽은 사람을 잠시 바라보았다. 나눅은 몸을 흠칫 떨며 말을 이었다.

"그런데 오늘 아침 이상한 일이 벌어졌어. 아파서 누워 있어야 할 사람들이 흐느적거리며 일어나서는 일제히 움직이기 시작한 거야. 그 모습이 꼭 좀비 같았어."

"좀비라고? 저 사람처럼 잿빛 피부에 붉은 반점도 있었어?"

내가 묻자 나눅이 고개를 끄덕였다.

"응, 맞아. 우리 엄마도 붉은 반점이 점점 많아지더니 자꾸 춥다면서 따뜻한 곳으로 가야 한다고 중얼거렸어. 난방 시스템이 고장 나는 바람에 집 안이 얼음장 같았거든. 땔감이라도 구해야겠다며 아빠가 외출한 사이에 엄마가 나를 밀치고 문 밖으로 뛰쳐나가 버렸어. 엄마를 붙잡으려고 뒤따라간 나는 그대로 얼어붙고 말았어. 마을 곳곳에 좀비처럼 변한 사람이 셀 수 없이 많은 거야. 마침 집에 돌아오던 아빠가 좀비가 된 사람들을 막아서고 나 먼저 도망가라고 했어. 임시 대피소에 가 있으면 곧 따라오겠다고 했는데."

나눅은 기어이 눈물을 흘렸다.

"문을 두드리는 소리에 아빠가 온 줄 알았어. 지금쯤

이면 여기 오고도 남을 시간인데. 엄마, 아빠에게 무슨 일이라도 생긴 게 아닐까?"

울먹이는 나눅의 어깨를 가만히 쓸어 주었다. 부모님을 걱정하는 마음이 어떤지 나도 잘 알기 때문이다. 나눅은 지금 얼마나 불안하고 힘들까.

"나눅, 마을로 돌아가서 확인해 보자."

나눅이 놀란 눈으로 나를 쳐다보았다. 리호도 당황한 얼굴이었다.

"우리는 어떻게든 연구 기지와 연락해야 해. 여기서 계속 시간을 보낼 수는 없어. 종이 지도라도 있어야 연구 기지를 찾아갈 거 아니야. 망가진 통신 시설 장치를 이용할 수 있을지도 모르고."

내 말에 나눅이 눈을 빛냈다.

"북극 글로벌 연구 기지라면 연락할 방법이 있어. 며칠 전에 연구원 한 명이 우리 마을로 휴가를 왔거든. 그 사람이 기지와 연락할 수 있는 무전기를 가지고 있었어. 그러고 보니 그 연구원이 제일 먼저 아팠던 것 같은데……."

무척 중요한 정보였다. 그 무전기를 손에 넣기 위해

서라도 마을로 가야만 했다. 리호는 한숨을 내쉬었지만 다른 방법이 없는지 고개를 끄덕였다.

한결 밝아진 나눅이 자리에서 벌떡 일어섰다. 그러고는 이글루 뒤쪽 차고로 우리를 데려갔다. 차고에 3인용 스노모빌이 있었다.

나눅이 익숙한 솜씨로 스노모빌을 몰았다. 스노모빌이 하얀 눈밭을 미끄러지듯 빠르게 달리기 시작했다. 북극의 살인적인 칼바람이 불어오자 은실이가 내 품을 파고들었다.

얼마나 달렸을까. 갑자기 스노모빌 한쪽이 푹 꺼지더니 기우뚱거렸다. 불안하게 흔들리던 스노모빌이 빠른 속도를 이기지 못하고 뒤집히고 말았다. 우리는 눈 깜짝할 사이에 스노모빌에서 튕겨 나가 공중으로 붕 떠올랐다.

"으아아!"

리호는 그 짧은 찰나에도 나를 감싸안았다. 바닥에 떨어졌지만 리호 덕분에 큰 충격은 없었다. 하지만 눈밭에 처박혔을 거라는 예상과 달리, 몸을 일으키고 보니 옷과 얼굴이 온통 진흙투성이였다. 두껍게 쌓인 눈뿐만 아니라 그 아래 땅까지 녹아서 진흙탕이 되어 있었다. 그 와중에도 진흙탕을 피해 눈밭에 사뿐하게 착지한 은실이는 티끌 하나 묻지 않았다.

"서림아, 괜찮아?"

온몸에 진흙을 뒤집어썼는데도 리호는 내 걱정부터 했다. 내가 고개를 끄덕이자 나눅이 방한복 어깨에 있는 버튼을 누르면 물기가 금방 마른다고 알려 주었다. 나는 말라붙은 진흙을 털어 내며 물었다.

"여기 왜 이래? 북극은 1년 내내 얼어 있어야 하잖아."

어느새 멀끔해진 나눅이 어딘가를 가리켰다.

"맞아. 그런데 얼마 전부터 마을 주변의 땅이 빠르게 녹고 있어. 그 때문에 언 땅 위에 지은 도로나 건물, 발전소도 모두 무너진 거고."

나눅이 무너진 건물과 부서진 솔라 에너지 패널을 가리켰다. 마을의 주요 시설이 고장 난 이유는 알게 되었지만, 여전히 이해되지 않는 점이 있었다.

'갑자기 왜?'

북극의 영구 동토층은 1년 내내 꽝꽝 얼어 있는 땅이다. 영구 동토층이 완전히 녹아내린 건 2060년이 유일했다. 그때도 지금처럼 건물이나 시설, 도로가 붕괴됐다. 급기야 빙하에서 나온 치명적인 바이러스 때문에 인간을 비롯한 포유류가 멸종 직전까지 갔다. 지금의 상황이 2060년과 비슷하다는 생각에 소름이 끼쳤다.

'그때는 지구 온난화 때문이었는데, 지금은 영구 동토층이 왜 녹아내린 거지? 메이가 말한 재앙이 벌써 시작되고 있는 걸까?'

나눅이 생각에 잠긴 나에게 말했다.

"땅이 저 모양이라 스노모빌을 타고 갈 수는 없겠어. 마을이 멀지 않으니까 여기서부터는 걸어가자."

걷는 동안에도 군데군데 무너져 내린 건물과 시설이 보였다. 나눅은 땅이 녹은 이유가 밝혀지기도 전에 마을이 쑥대밭이 됐다고 했다. 마을에 가까워질수록 점점 더 불안해지는 마음을 감출 수 없었다.

그사이 어디선가 검은 연기가 솟아오르는 것이 보였다. 나눅의 얼굴이 하얗게 질렸다.

"우리 마을이야. 마을에 불이 난 것 같아."

나눅이 정신없이 마을로 뛰어갔다. 좀비가 된 감염자가 얼마나 많은지도 모르는데, 저렇게 무턱대고 가다가는 위험할 수 있다. 리호가 재빨리 나눅을 뒤따랐다.

나도 헐레벌떡 마을 입구까지 쫓아갔다. 두 사람은 이미 커다란 디지털 광고판 뒤에 숨어 있었다. 내가 다가가자 리호가 긴장한 목소리로 말했다.

"저기 봐. 벌써 좀비들이, 아니 감염자들이 큰길에 쫙 깔렸어."

얼굴이 잿빛으로 변한 사람들이 무언가를 찾는 듯 쿵쿵대며 어슬렁거렸다. 대피소에서 본 감염자처럼 눈동자가 탁하고 초점이 없었다.

나눅이 상황을 살피다가 왼쪽을 가리키며 말했다.

"우리 집은 마을 가장 안쪽에 있어. 아이들만 몰래 다니는 뒷골목이 있으니까 그쪽으로 가자."

우리는 나눅의 안내를 따라 조심조심 마을로 들어갔다. 추운 곳이어서 집과 집 사이가 좁고, 큰길보다 골목이 많았다. 살금살금 좀비를 피해 나눅의 집으로 향하는데 앞서가던 은실이가 돌연 걸음을 멈췄다. 그러더니 털을 바짝 세우고 앞을 노려보았다.

"은실아, 왜 그래?"

위협적인 그림자 하나가 우리를 향해 다가왔다. 그림

자의 정체는 회갈색의 짧은 털로 뒤덮인 시베리아허스키였다. 위로 째진 작은 눈은 하얀 막이 껴 있고, 뾰족한 주둥이에서는 침이 질질 흘렀다. 먼 옛날에는 썰매를 끌기도 했다는 큰 개가 으르렁거리며 우리를 가로막았다.

"서, 설마?"

2060년의 치명적인 바이러스가 인수 공통 감염병이었다는 사실이 떠올랐다. 엔피윔 바이러스도 사람과 포유류가 동시에 걸리는 병이라면 저 개는 감염된 것이 분명했다.

나는 놀라서 소리쳤다.

"조심해! 저 개도 바이러스에 감염된 것 같아."

탁한 눈동자로 두리번거리던 좀비 개가 은실이를 향해 날카로운 이빨을 드러냈다. 그러고는 다리를 기묘하게 뒤틀며 달려와 은실이를 공격했다.

"캬아아앙!"

은실이가 담장을 딛고 높은 지붕으로 몸을 피했다. 눈이 얼어붙어 미끄러운데도 뾰족한 발톱을 세워 순식간에 올라간 것이다. 가슴을 쓸어내리기도 전에 좀비 개가 지붕을 향해 큰 소리로 울부짖었다.

"안 돼!"

하지만 흥분한 개를 막을 방법은 없었다. 뒤를 돌아본 리호의 얼굴에 당혹감이 번졌다.

"감염자들이 몰려와서 길이 막혔어!"

나눅도 긴장한 얼굴로 외쳤다.

"앞도 마찬가지야. 우리 이 골목에 갇힌 것 같은데."

감염자들이 좁은 골목으로 마구 밀려들었다. 앞이 보이지 않는 대신 소리는 더 잘 들는 듯했다.

은실이를 놓친 좀비 개가 이번에는 우리를 향해 달려들었다. 골목이 완전히 막혔으니 달아날 곳이 없었다. 나눅이 다급하게 신발을 가리켰다.

"방한화에 있는 버튼을 눌러. 그러면 신발 바닥에서 뾰족한 아이젠이 튀어나올 거야. 그걸로 은실이처럼 벽을 타고 가야 해. 잘 봐."

나눅이 벽을 향해 훌쩍 뛰어 오르더니 얼음에도 미끄러지지 않는 특수 장갑으로 벽을 짚었다. 그리고 방한화로 얼음을 퍽퍽 찍으면서 순식간에 지붕으로 올라갔다. 운동 신경이 좋은 리호도 스파이더맨처럼 벽을 타고 지붕 위로 올라가 몸을 피했다.

그러는 사이 좀비 개는 바로 코앞까지 다가왔고, 앞뒤를 포위한 감염자들도 점점 더 가까워졌다. 너무 무서워 온몸이 덜덜 떨렸지만 피하지 못하면 끝장이었다. 나는 '할 수 있다!'고 되뇌면서 얼음 낀 벽에 달라붙었다.

퍽! 얼음에 아이젠을 꽂아 넣었다. 두 손을 먼저 위로 옮기고 발을 끌어 올리려 했지만 힘이 부족했다. 나는 결국 벽에서 떨어져 엉덩방아를 찧고 말았다.

좀비 개가 희뿌연 눈동자를 희번덕거리며 나를 향해 몸을 날렸다. 눈앞이 캄캄해졌다.

3
엔피웜 바이러스의 정체

"안 돼, 오지 마!"

나는 눈을 질끈 감고 눈덩이를 손에 잡히는 대로 집어 던졌다. 눈 따위로 저 무서운 좀비 개와 감염자를 막을 수 없다는 걸 알지만 다른 방법이 없었다.

그런데 이상했다. 코앞에서 으르렁거리던 소리가 점차 멀어졌다. 의아해하며 눈을 떠 보니 개가 꼬리를 감춘 채 뒤로 물러나고 있었다.

"이게 무슨 일이지?"

그사이 리호가 지붕에서 내려와 내 앞을 막아서고 티타늄 검을 휘둘렀다. 하지만 골목이 좁아서 검이 자꾸 벽에 부딪쳤다. 어쩌다 검에 맞더라도 아픔을 느끼지 못하는 감염자들은 점점 가까이 밀어닥칠 뿐이었다.

그때 머리 위에서 고드름이 후드득 떨어졌다. 은실이가 앞발로 지붕에 달린 고드름을 툭툭 치고 있었다. 고드름에 맞은 감염자들은 "우어어." 하고 괴상한 소리를 내더니 뒤로 물러났다. 아까 눈덩이를 맞고 도망가던 개와 비슷했다.

"저거야! 감염자는 차가운 걸 싫어해!"

나는 바닥에서 눈을 끌어모아 던지며 소리쳤다. 리호도 나를 따라 눈덩이를 던졌고, 은실이와 나눅은 지붕 위에서 고드름을 마구 떨어뜨렸다. 예상대로 좀비 개와 감염자들의 공격이 주춤했다.

하지만 좁은 골목에 눈과 고드름은 많지 않았다. 더는 던질 것이 없어지자 나는 절박한 심정으로 다시 지붕을 올려다보았다. 어떻게든 이 골목을 벗어나야만 했다.

"다시 올라가 볼게!"

팔다리에 바짝 힘을 주고 다시 벽에 매달렸다. 리호가 밑에서 나를 밀어 올려 주었다. 간신히 반쯤 올라갔지만 그게 다였다. 결국 나를 받치고 있던 리호와 함께 바닥에 나뒹굴고 말았다.

"리호야, 너라도 빨리 피해!"

다급하게 외쳤지만 리호는 고개를 저었다.

"무슨 소리야. 너 두고는 못 가."

평소라면 감동했을 말이지만 지금은 그럴 겨를이 없었다. 나는 리호의 등을 떠밀며 제발 먼저 가라고 고함을 질렀다.

그런데 리호가 내 뒤를 가리키며 의아하다는 표정을 지었다.

"무슨 일이지? 감염자들이 다른 곳으로 가고 있어."

진짜였다. 조금 전까지만 해도 우리를 공격하던 감염자들이 뒤돌아 골목길을 빠져나가고 있었다.

지붕에서 상황을 지켜보던 나눅이 외쳤다.

"마을 광장에서 불길이 솟아오르고 있어!"

뜻밖의 상황이었다. 리호와 나는 누가 먼저랄 것도 없이 골목 밖으로 달려 나왔다.

감염자들은 흐느적거리며 광장으로 모여들었다. 목재 가구와 종이가 잔뜩 쌓인 광장 한가운데서 큰불이 활활 타오르고 있었다. 좀비 개와 감염자들이 홀린 듯

불 주위로 몰려들어 멍하니 불길을 바라보았다. 그 순
간 나는 중요한 사실을 깨달았다.

"내가 잘못 생각했어. 따뜻한 걸 공격하는 게 아니야.
본능적으로 이끌리는 거야. 그래서 차가운 걸 피하는
거였어."

그때 누군가 내 팔을 확 잡아당겼다. 깜짝 놀라 뒤돌
아보니 한 아저씨가 다급한 목소리로 말을 걸어왔다.
분명 처음 보는데 이상하게 낯익은 얼굴이었다.

"언제 불이 꺼질지 몰라. 빨리 여기서 피해야 해."

이 아저씨가 불을 질러 감염자들을 유인하고 우리를

구해 준 모양이었다. 아저씨가 우리를 데려간 건물에는 '이누이트 천년 박물관'이라는 간판이 걸려 있었다.

"아빠, 아빠!"

지붕에서 내려온 나눅이 아저씨를 향해 달려왔다. 낯이 익다 했더니 아저씨는 나눅의 아빠였다. 아저씨가 반갑게 안기려는 나눅을 당황하며 밀어냈다. 그러고는 심각한 표정으로 말했다.

"나눅, 왜 돌아온 거니? 대피소로 도망가 있으라고 했잖아."

"하지만 아빠가 너무 안 와서 걱정했단 말이에요. 참, 엄마는 어떻게 됐어요?"

아저씨는 어두운 얼굴로 일단 박물관으로 들어가자고 했다. 지붕 위에서 경계하던 은실이도 안심이 됐는지 내 품에 뛰어들었다. 아저씨는 모두 박물관 안으로 들어온 것을 확인하고는 문을 단단히 걸어 잠갔다.

발전소가 무너졌다더니 전기가 들어오지 않아 어두컴컴했다. 아저씨가 비상 발전기 버튼을 누르자 박물관 내부 모습이 희미하게 드러났다.

전시실에는 과거 이누이트족의 옷이나 이글루 모형,

49

사냥 도구 같은 것이 전시돼 있었다. 북극곰이나 늑대, 여우와 토끼처럼 북극에 사는 동물의 사진도 있었다. 원래는 그 앞에 움직이는 홀로그램 영상이 나오는 모양이었으나 지금은 모두 꺼져 있었다.

"북극에도 포유류가 꽤 많이 사는구나. 엔피웜 바이러스가 인수 공통 감염병이라면 저 동물들도 모두 감염됐을까?"

걱정스러운 얼굴로 중얼거리자 아저씨가 나를 돌아보았다.

"너는 어떻게 엔피웜 바이러스를 잘 알아? 세계의료연합에서 뿌린 디지털 전단지를 본 거니?"

"디지털 전단지요? 그게 뭐예요?"

아저씨가 주머니에서 손가락 한 마디 크기의 메모리 칩을 꺼냈다. 방송부터 통신, 전력까지 모든 시설이 마비되는 바람에 바깥소식을 알 수 없었는데, 조금 전에 세계의료연합 마크를 달고 있는 드론이 날아와 이 메모리 칩을 뿌리고 갔다고 한다.

"북극 주변에만 바이러스가 퍼진 줄 알았는데 그게 아니었어. 지금 전 세계가 이 바이러스로 엄청난 혼란에 빠졌다는구나. 자세한 정보는 직접 보는 게 좋겠다."

아저씨가 메모리 칩의 버튼을 누르자 허공에 홀로그램 뉴스가 떠올랐다.

자유의 여신상과 에펠탑 아래에서, 만리장성과 광화문 광장에서 좀비로 변한 감염자들이 돌아다녔다. 아프리카 초원에서는 바이러스에 걸린 동물이 사람을 습격했다. 여기저기서 불타고 무너져 내린 초고층 스마트 빌딩과 공중 다리가 보였고, 인공위성 인터넷 컨트롤 타운도 붕괴됐다. 자율 주행 드론은 물론이고 인공 지능을 기반으로 한 모든 시설이 멈추었다고 했다. 인터넷이 존재하지 않았던 옛날로 돌아가고 만 것이다.

충격적인 영상과 정보로 정신을 차릴 수가 없었다. 영상이 끝나자 잔뜩 헝클어진 머리와 구겨진 옷을 입은 세계의료연합 대표가 침울한 표정으로 나타났다.

"보시다시피 전 세계는 지금 팬데믹 상태입니다. 이 모든 일이 북극에서 깨어난 고대 바이러스 때문이라는 것이 세계의료연합의 공식 입장입니다. 북극에서 발현된 이 바이러스는 추운 곳을 싫어하고 따뜻한 것에 이끌린다는 사실이 밝혀졌습니다. 북극에서 시작됐기 때문에 노스폴(North Pole: 북극), 따뜻한 것을 좋아한다는 의미의 웜(warm: 따뜻한)을 더해 엔피웜 바이러스라고 부르기로 했습니다."

따뜻한 나라일수록 전파 속도가 빨라서 현재 전 세계 인류의 80퍼센트가 감염됐다고도 덧붙였다.

아저씨가 떨리는 목소리로 말했다.

"얼마 전부터 북극 빙하와 영구 동토층이 급격히 녹아내린다 싶더니 몇만 년 전에 잠들었던 고대 바이러스가 깨어난 것 같아."

이건 분명 2060년에 발생했던 치명적인 바이러스 때와 같은 상황이다. 이 엄청난 일이 과연 우연일까? 소장은 바이러스가 깨어날지 어떻게 알고 2115년으로 온 걸까? 이런저런 생각을 하는 동안, 홀로그램 영상 속 대표가 다시 입을 열었다.

"연구 결과에 의하면 엔피웜 바이러스는 2060년의 치명적인 바이러스와 유전자 구조가 거의 비슷한 것으로 알려졌습니다. 하지만 유일한 치료제인 아프론타 열매는 30년 전에 멸종했습니다. 안타깝게도 현재로서는 치료제가 없습니다."

단계	시간	증상
1단계	감염 직후 ~24시간	• 붉은 반점, 고열, 오한, 기침 • 아직 전염력 없음
2단계	24시간 ~48시간	• 잿빛 피부, 시력 상실 • 침, 땀, 피 등 체액 통한 전염
3단계	48시간 ~72시간	• 의식 상실, 완벽한 좀비화 • 비감염자에 대한 강한 공격성
4단계	72시간 이후	• 흑색 피부로 변함 • 체온 45℃까지 올라 사망

곧이어 병의 진행 과정이 정리된 도표가 나타났다.

"4단계로 진행되는 엔피웜 바이러스의 치사율은 99.9 퍼센트로 72시간이 지나면 대부분 사망에 이릅니다. 또한 이 바이러스는 사람과 포유류 모두를 감염시키는 인수 공통 감염병입니다. 반려동물과 야생 동물 또한 조심해야 합니다."

감염되면 사흘 만에 죽는다는 충격적인 발표에 다들 아무 말도 하지 못했다.

영상 속 세계의료연합 대표가 고개를 들어 정면을 바라보았다.

"아직 엔피웜 바이러스에 감염되지 않은 분들은 무조건 추운 곳으로 대피하시기 바랍니다. 감염 초기에는 몸을 차갑게 하는 혈액 냉각 주사를 맞으면 병의 진행을 늦출 수 있습니다. 혈액 냉각 주사가 보관된 장소를 알려 드립니다. 이 메시지는 세계의료연합의 마지막 메시지입니다. 엔피웜 바이러스 팬데믹에서 살아남을 수 있기를 기도하겠습니다."

화면에서 대표가 사라지고 혈액 냉각 주사 위치를 표시한 지도가 떴다. 그중에는 우리의 원래 목적지였던 북극 글로벌 연구 기지도 있었다.

나눅이 지도를 확인하고 아저씨의 팔을 잡아끌며 말했다.

"아빠, 우리 빨리 북극 기지로 가요. 엄마를 위해 혈액 냉각 주사를 구해야 해요."

하지만 아저씨는 고개를 가로저었다.

"아빠는 너와 함께 갈 수가 없어."

"네? 그게 무슨 말이에요? 왜 같이 못 가요?"

아저씨가 괴로운 얼굴로 소매를 걷어 팔을 드러냈다.

"미안하다. 아빠도 바이러스에 감염되고 말았어. 그러니까 너도 어서 여기서 피해."

아저씨의 팔에는 좀비에게 물린 자국과 붉은 반점이 군데군데 나 있었다. 점점 상태가 나빠지는 나눅의 엄마를 막으려다 팔을 물려 감염됐다는 것이다. 나눅은 그대로 얼어붙고 말았다.

아저씨는 마을 사람 대부분이 엔피웜 바이러스에 걸렸고 2기나 3기로 넘어가고 있다고 했다. 아저씨는 아직 1기라 전염력은 없지만 언제 좀비로 변할지 모르니 빨리 마을을 벗어나라고 당부했다. 나눅은 그럴 수 없다며 울음을 터뜨렸다.

'그래서 아까 반갑게 안기려는 나눅을 급하게 밀어낸 거였구나.'

울음을 삼키느라 눈가가 벌게진 아저씨를 바라보았다. 가슴이 너무 아팠다. 나는 어떻게든 나눅을 도와주고 싶었다.

"저희가 나눅과 함께 혈액 냉각 주사를 구하러 기지로 갈게요. 저희도 거기서 집으로 돌아갈 방법을 찾을 수 있을 거예요."

나눅은 울먹이는 목소리로 우리가 한국에서 온 학생 체험단이라고 설명했다. 자기를 구해 주었다는 말도 덧붙였다.

아저씨가 눈물을 글썽이며 우리에게 인사했다.

"내 아들의 목숨을 구해 주다니, 정말 고맙다. 이 은혜를 어떻게 갚아야 할지."

"에이, 아저씨도 방금 저희를 구해 주셨잖아요."

리호의 대답에 이어 나도 말했다.

"맞아요. 그 대신 부탁 하나 드릴게요. 나눅에게 들었는데 연구 기지에서 휴가 나온 분이 기지와 연락할 수 있는 무전기를 가지고 있다던데요? 그게 지금 꼭 필요해요. 기지 상황이나 냉각 주사가 남아 있는지 확인해야 하니까요."

아저씨는 한참 고민하더니 고개를 끄덕였다.

"좋아! 그 무전기는 내가 가져오지. 이미 좀비가 된 감염자는 비감염자만 공격하니까, 나는 괜찮을 거다. 그 대신 너희도 하나만 약속해 주겠니?"

"어떤 약속이요?"

내가 되묻자 아저씨는 나눅을 걱정스러운 표정으로 바라보며 입을 열었다.

"무전기에 아무 응답이 없으면 나눅과 함께 안전한 곳으로 피하는 거다. 최대한 사람이 없는 곳으로."

이런 상황에 과연 안전한 곳이 있을까 싶었지만 나는 아저씨를 안심시키기 위해 일단 알겠다고 했다. 아저씨는 우리에게 꼼짝 말고 잘 숨어 있으라고 하고는 조심스럽게 밖으로 나갔다.

초조하게 기다리던 나눅이 불현듯 뭔가 결심한 얼굴로 눈물을 닦았다. 그러고는 박물관을 바쁘게 돌아다니며 먼 옛날 이누이트족이 쓰던 뾰족한 창과 작살 같은 사냥 도구를 모아 왔다.

"뭐 하는 거야?"

리호의 질문에 나눅이 힘주어 말했다.

"무기가 될 만한 것을 모으는 거야. 기지로 가는 길에 어떤 좀비를 만날지 모르니까."

역사적 가치가 있는 물건이지만 지금은 비상 상황이니 어쩔 수 없었다. 리호와 나도 뭔가 쓸 만한 것을 찾아 전시관을 돌아다녔다.

그런데 어디에선가 은실이의 울음소리가 들려왔다. 왜 그러나 싶어 가까이 가 보니 은실이가 벽을 긁고 있었다. 한쪽 벽 전체가 옛 동굴의 벽화를 복원해 놓은 전시물이었다.

"은실아, 안 돼. 여기 있는 건 전부 오래된 유물이란 말이야."

나는 벽을 긁는 은실이를 말리다가 벽화 앞에 설치된 유리 전시관이 비어 있는 것을 발견했다. 우리 중 아무도 여기에 손댄 사람은 없었다. 마침 그 옆을 지나던 나눅이 텅 빈 유리관을 보고 말했다.

"아, 이거. 얼마 전에 도둑맞았어."

"누가 훔쳐 갔다고? 원래 뭐가 있었는데?"

"아주 오래된 지도야. 이 벽화가 그려진 동굴이 엄청 복잡하거든."

어느새 우리 곁으로 다가온 리호가 호기심 가득한 얼굴로 물었다.

"지도라고? 무슨 보물 지도라도 되는 거야?"

"나도 처음엔 그런 줄 알았어. 너무 궁금해서 몇 달 전에 아빠 몰래 지도 사진을 찍어서 찾아가 봤지. 저 벽화도 내 눈으로 직접 봤고. 하지만 그뿐이었어. 보물은 찾지도 못하고 길을 잃고 말았거든. 이틀 만에 겨우 구조됐지만, 정말 죽을 뻔했다니까."

리호가 동굴 탐험 이야기를 더 들려달라는 듯 눈을 빛내자 나눅은 손을 내저었다.

"아우, 그때 기억은 떠올리고 싶지도 않아. 아무튼 이 낡은 지도가 사라졌을 때 아빠가 그러셨어. 이게 보물 지도라고 믿는 사람이 나 말고도 또 있는 것 같다고. 다른 값비싼 유물은 다 놔두고 저 지도만 도둑맞았거든."

벽화를 자세히 보기 위해 바짝 다가갔다. 여기저기 그려진 그림 중에서도 누워 있는 아이와 그 아이를 둘러

싼 사람들이 눈에 띄었다. 왠지 슬퍼 보인다고 생각하면서 고개를 돌리자 한 남자가 동그란 알 같은 걸 들고 있는 그림도 있었다. 문득 이상한 느낌이 들어서 벽화에 더 가까이 갔다.

그때 아저씨가 벌컥 문을 열고 들어왔다.

"많이 기다렸지? 다행히 무전기가 아직 있더구나."

나눅과 리호가 반가워하며 달려갔다. 나도 벽화에 대한 생각은 잊고 아저씨에게로 갔다. 은실이가 벽화를 보며 애타게 울어 댔지만 나는 그 이유를 알지 못했다.

4

오로라 너머에 나타난 그림자

마을을 빠져나온 지 한 시간이 흘렀다.

타임머신으로 돌아가야 할 시간 역시 마흔 시간으로 줄어들었다. 그나마 다행인 것은 북극 글로벌 연구 기지와 연락이 닿은 것이다. 놀랍게도 무전을 받은 사람은 권현욱이라는 한국인 연구원이었다. 그는 혈액 냉각 주사는 남아 있지만, 감염자는 기지에 들어올 수 없다고 했다.

나는 서둘러 옥사나 박사가 무사한지 물었지만 무전이 끊기고 말았다. 몇 번이고 다시 시도해 봐도 연결되지 않았다. 연구 기지에 생존자와 여분의 혈액 냉각 주사가 있다는 걸 확인한 것만도 다행이었다.

나눅은 아저씨에게 혈액 냉각 주사를 구해 올 때까지 절대 이곳에서 나가지 말라고 했다. 그러자 아저씨도 우리에게 위험해지면 반드시 도망가야 한다고 몇 번이나 당부했다.

일단 아저씨의 도움을 받아 북극 글로벌 연구 기지로 가는 지도와 전자동 스키를 구했다. 스노모빌보다 느리지만 가벼워서 지금 상황에서는 더 쓸모 있을 거라고 했다.

아저씨가 좀비가 된 감염자들을 불로 유인하는 사이, 우리는 마을에서 빠져나왔다.

"으아, 가도 가도 끝이 없네. 보이는 거라곤 눈밖에 없으니 꼭 제자리를 맴도는 것 같아. 똑바로 가고 있는 게 맞겠지?"

리호 말처럼 종이 지도와 나침반에 의지해 길을 찾는 것은 쉽지 않았다. 기준이 될 만한 특색 있는 건물이나 지형이 없었기 때문이다. 나눅이라는 길잡이가 없었다면 우리는 진작에 하얀 눈밭에서 길을 잃었을 것이다.

문제는 시간이었다. 아직 오후 다섯 시밖에 되지 않았

는데 벌써 하늘이 어두웠다. 앞서 달리던 나눅이 스키를 돌려 우리에게 다가왔다. 그러고는 거친 숨을 토해 내며 말했다.

"이제 절반쯤 온 것 같아. 조금만 쉬었다 갈까."

듣던 중 반가운 소리였다. 아무리 체온 조절 슈트에 방한복을 껴입었다고 해도 매서운 북극 바람을 맞으며 전자동 스키를 탔으니 서 있기도 힘들 정도였다. 무엇보다 배가 너무 고팠다.

나눅은 바람을 막기 위해 얼음산을 등지고 자리를 잡았다. 그리고 배낭에서 작은 필통처럼 생긴 물건을 꺼냈다. 그걸 바닥에 내려놓고 버튼을 누르자 차곡차곡 접혀 있던 얇은 천이 순식간에 부풀었다. 원터치 텐트가 만들어진 것이다.

"우아! 완전 신기하다."

리호가 텐트 안에 들어가더니 바람이 하나도 들어오지 않는다며 감탄했다. 나눅이 배낭에서 손가락 크기의 나무 조각 몇 개를 꺼냈다. 나무 조각끼리 살짝 부딪치자 순식간에 불이 붙었다. 꼭 대형 난로라도 튼 것처럼 따뜻해졌다.

"아니, 그건 또 뭐야? 왜 이렇게 화력이 좋아?"

"탄소 나노 튜브로 만든 초소형 장작 스틱이야."

나눅은 당연한 걸 왜 묻느냐는 표정이었다.

"탄소 나노 튜브? 이산화탄소를 전기 분해 장치로 분해하면 양극에서는 산소가, 음극에서는 탄소가 추출되는 원리잖아. 그게 이렇게 간편하게 발전했다고?"

요즘 관심 있게 지켜보는 연구 분야여서 나도 모르게 목소리가 높아졌다. 나눅은 당황한 얼굴이었다.

"전기 분해 장치 뭐? 탄소 추출은 또 뭐고? 나는 그렇게 어려운 건 몰라. 아무튼 이거 나온 지 10년도 넘었는데. 설마 캠핑 한 번 안 가 본 거야?"

아차 싶었다. 인터넷과 인공 지능이 멈췄다고 해도 2085년에는 없던 새로운 기술이 그동안 얼마나 생겨났을까.

나는 당황한 표정을 감추며 말했다.

"내, 내가 몸이 좀 약해서 야외 활동을 별로 못 했어. 그건 그렇고. 와, 저기 봐! 밤하늘 정말 맑다. 별이 엄청나게 많이 보여."

그저 관심을 돌리려고 하늘을 보았을 뿐인데 감탄이

나올 정도로 별이 반짝였다. 그때 한 줄기 초록빛이 하늘을 가로질렀다. 빛은 커튼처럼 넓게 펼쳐지면서 선명해지더니 마구 일렁였다.

리호가 잔뜩 들뜬 목소리로 말했다.

"저기 봐! 오로라야!"

캄캄한 밤하늘을 배경 삼아 춤추는 오로라는 신비롭고 아름다웠다. 북극에 사는 나눅조차 말을 잊은 채 넋을 잃고 바라볼 정도였다.

"예쁘지? 불과 얼마 전에도 엄마, 아빠와 오로라를 함께 봤는데……."

슬픔이 묻어나는 나눅의 말에 가슴이 저릿했다. 이렇게 아름다운 오로라 너머에는 엔피웜 바이러스 때문에 끔찍한 일이 벌어지고 있다. 좀비가 되어 가족과 친구를 잊고 공격하는 감염자와 치료제를 찾지 못해 고통받는 사람들의 슬픔이 고스란히 전해지는 것 같았다.

"모두 함께 모여서 오로라를 볼 날이 분명 다시 올 거야. 꼭!"

내 말에 나눅이 고개를 끄덕이며 에너지 바를 내밀었다. 모처럼 음식이 들어가니 기운이 솟았다.

텐트와 모닥불을 정리하고 출발할 준비를 했다. 그런데 별안간 은실이가 귀를 쫑긋 세우더니 어둠을 향해 하악거렸다.

덩달아 긴장한 우리는 숨을 죽이고 어두운 하늘을 자세히 살폈다. 멀리서 위이잉 하는 기계음이 들려왔다. 소리가 점점 커지더니 어른 팔 길이만 한 소형 드론이 모습을 드러냈다. 드론은 고장 났는지 비틀대며 낮게 날고 있었다.

"엇! 드론이잖아. 아까 봤던 세계의료연합 디지털 전단지가 실려 있을까?"

리호의 말에 나눅이 고개를 갸우뚱했다.

"아닌 것 같은데. 저 드론에는 세계의료연합 마크가 없는걸."

지금 멀리 있는 사람에게 연락할 방법은 드론으로 직접 메시지를 전달하는 것뿐이다.

'세계의료연합이 아니라면 누가 왜 어떤 메시지를 보내려는 거지?'

아무리 생각해도 이상했다. 나는 리호와 나눅에게 소리쳤다.

"드론을 붙잡아. 저 안에 뭐가 들어 있는지 확인해야 겠어!"

내 외침에 나눅이 박물관에서 가져온 날카로운 금속 창을 꺼내 던졌다. 창은 낮게 날고 있던 드론에 그대로 명중했다. 추락한 드론에서 하얀 연기가 솟아올랐다.

드론에는 작은 상자가 달려 있었다. 그걸 열어 보니 예상대로 메모리 칩이 나왔다. 나는 홀로그램 영상을 확인하다가 소스라치게 놀라고 말았다.

"이거 아프론타 나무잖아?"

멸종한 줄 알았던 아프론타 나무가 자라는 온실의 모습이 영상에 담겨 있었다. 가지마다 아기 주먹만 한 크기의 열매가 달려 있었다.

'어떻게 된 거지? 설마 아프론타 씨앗을 훔친 소장이 저 온실에서 나무를 키우고 있던 거야? 도대체 왜?'

그때 반투명한 페이스 마스크로 얼굴을 가린 사람이 아프론타 나무 옆에 등장했다.

"치사율이 무려 99.9퍼센트에 달하는 엔피웜 바이러스의 공포에 떨고 계십니까? 이 바이러스의 유일한 치료제인 아프론타 열매가 제게 있습니다. 북극 글로벌 연구 기지에서 남서쪽으로 30킬로미터 거리에 있는 비밀 온실로 오세요. 10만 에크로 당신과 가족의 생명을 구할 수 있습니다."

변조한 목소리라 나이는 물론 성별조차 가늠할 수 없었다. 나눅은 홀린 듯 영상을 보다가 떨리는 목소리로 물었다.

"저게 진짜일까? 정말 치료제가 있는 걸까?"

나는 영상을 여러 번 다시 보았다. 딥페이크나 조작은 아닌 듯했지만 30년 후의 기술이니 확신할 수 없었다. 그래도 자꾸 보다 보니 얼굴을 가린 사람의 습관 하나를 발견했다. 그 사람은 말하면서 머리에 자꾸 손을 올렸다. 그러다 마스크가 손에 닿으면 서둘러 손을 내렸다. 머리를 만지는 것이 버릇인 듯 짧은 말을 하는 동안에도 두 번이나 반복했다.

"그런데 10만 에크는 얼마나 큰돈이야?"

리호의 질문에 나눅이 크게 한숨을 내쉬었다.

"우리 같은 평범한 사람은 평생 모아도 만질 수 없는 돈이야. 고급 아파트 서너 채를 사고도 남을 돈이지. 게다가 교통수단이 다 망가진 지금, 북극까지 올 수 있는 사람이 얼마나 되겠어? 개인 비행기를 가진 부자나 가능할 거라고."

흥분한 리호가 주먹을 꽉 쥐고 소리쳤다.

"그럼 돈 많은 사람만 살려 주겠다는 거야? 사람 목숨 가지고 돈을 벌려고 하다니! 뭐, 그런 나쁜 놈들이 다 있어!"

그제야 소장의 계획이 뭔지 어렴풋이 알 것 같았다. 치료제를 독차지해서 옥사나 박사를 죽이고, 동시에 큰돈까지 벌려고 한 것이다. 리호 말대로 소장은 정말 나쁜 놈이었다. 그의 계획대로 되기 전에 얼른 옥사나 박사를 만나야 한다.

나는 풀 죽은 나눅을 달래며 말했다.

"일단 연구 기지로 가자. 거기 가면 이 영상이 진짜인지 조작인지 알아볼 수 있는 사람이 있을 거야."

나눅은 말없이 고개를 끄덕였다.

출발하려는 순간 은실이가 펄쩍 뛰어올랐다. 온몸의 털을 곤두세우고 어둠을 향해 날카로운 소리를 냈다. 조금 전 드론을 발견했을 때와는 완전히 달랐다.

"캬아아아 캬아!"

은실이는 바들바들 떨면서도 경계를 늦추지 않았다.

저 멀리 희미한 눈 언덕 위에 작은 불빛이 여기저기 떠 있었다. 소름이 확 끼쳤다. 불빛은 천천히 우리를 향해 다가왔다. 긴장한 나눅과 리호가 무기를 꺼내는 사이, 불빛의 정체가 드러났다.

눈처럼 새하얀 털을 휘날리는 늑대가 못 해도 열 마리는 넘어 보였다. 이미 바이러스에 감염됐는지 뻣뻣해진 목과 다리를 기묘하게 꺾으며 포위망을 좁혀 왔다.

"맙소사, 북극 늑대야. 보통 늑대보다 덩치가 크고 성격도 포악해. 이거 큰일인데."

나눅의 말이 끝나기 무섭게 늑대 한 마리가 훌쩍 뛰어올랐다. 리호가 '얍!' 기합 소리를 내며 티타늄 검을 휘둘렀다. 그러나 늑대는 더 빠른 속도로 검을 피했다.

또 다른 늑대들이 리호에게 달려드는 걸 보며 나는 비명을 질렀다.

"리호야, 조심해!"

나눅이 재빨리 창을 휘둘렀다. 덕분에 리호는 나머지 두 마리 늑대를 물리칠 수 있었다.

눈밭에 나동그라진 늑대들이 몸을 다시 일으켰다. 우

리는 순식간에 늑대에게 빙 둘러싸이고 말았다. 날카로운 이빨 사이로 침이 줄줄 흘렀다.

"침으로 바이러스가 감염된다고 했어. 절대로 닿아서는 안 돼!"

내 말에 리호와 나눅의 표정이 더욱 굳어졌다.

대장으로 보이는 덩치 큰 늑대가 우우 긴 울음소리를 내더니 우리를 향해 뛰어들었다. 그걸 신호로 나머지 늑대들이 총공격을 해 왔다.

검과 창을 맞고도 고통을 느끼지 못하는 좀비 늑대들은 겁도 없었다. 나는 바닥의 눈을 뭉쳐 던졌지만 잠시 뒤로 물러날 뿐 어떤 치명타도 입히지 못했다.

'맞다! 아저씨가 불로 감염자를 유인했지. 그래, 불이 필요해!'

나는 늑대를 막느라 정신없는 나눅에게 소리쳤다.

"나눅, 장작 스틱 남은 거 어디 있어?"

"저기 내 배낭 두 번째 포켓……."

나눅이 대답을 채 끝내지 못하고 눈바닥을 굴렀다. 늑대들이 둘을 집중 공격하는 사이, 나는 나눅의 배낭으로 달려갔다.

허겁지겁 배낭을 열고 손을 휘젓자 장작과 함께 그물 같은 것이 딸려 나왔다. 그 순간 좋은 계획이 떠올랐다.

"냐아앙!"

은실이의 날카로운 울음소리에 고개를 돌려 보니 대장 늑대가 희뿌연 눈을 희번덕거리며 내게 달려들고 있었다. 미처 공격을 피하지 못한 나를 구하기 위해 은실이가 제 몸을 날렸다.

"앗! 은실아, 안 돼!"

은실이가 날래게 공격을 피했지만 늑대를 상대하기에는 역부족이었다. 나는 장작 스틱을 서로 부딪쳐 불꽃을 일으키려고 했다. 그런데 너무 긴장한 탓인지 자꾸 손이 미끄러졌다.

"제발! 제발!"

나는 아랫입술을 꽉 깨물고 다시 장작 스틱을 부딪쳐 불꽃을 일으켰다. 장작 스틱을 바닥에 내려놓으니 곧바로 불길이 솟았다. 늑대들이 따뜻한 장작 스틱을 향해 고개를 돌리더니 마법에 걸린 듯 다가왔다.

나는 가지고 있던 장작 스틱을 모조리 불길 속으로 던졌다. 활활 타오르는 불에 정신을 빼앗긴 늑대들이 멍하니 불을 바라보았다.

끊임없는 공격에서 간신히 빠져나온 리호와 나눅이 나에게 엄지를 세워 보였다. 은실이도 가쁜 숨을 몰아쉬며 내게 안겼다.

"아직 끝난 게 아니야. 이 불이 꺼지면 다시 쫓아올지도 몰라."

나는 얼른 바닥에 떨어져 있는 그물을 집어 들었다.

"이걸로 저 늑대들을 꼼짝 못 하게 묶어 놓고 가자. 어때?"

나눅이 고개를 끄덕였다.

"좋은 생각이야. 급해서 배낭에 이것저것 막 쑤셔 넣었는데 그게 이렇게 쓰이네."

우리는 그물을 넓게 펼쳐서 늑대 위로 던졌다. 그물은 불에 타지 않는 소재로 만들어진 데다 가장자리는 바닥에 닿으면 절대 떨어지지 않았다.

그물에 갇혀서도 홀린 듯 불을 바라보는 늑대들을 향해 나는 조용히 중얼거렸다.

"엔피웜 바이러스 치료제가 개발될 때까지 여기 얌전히 있어 줘."

전쟁터 같은 이곳에서 벗어나기 위해 우리는 재빨리 전자동 스키에 올랐다. 꽤 익숙해진 덕분에 최고 속도로 달릴 수 있었다. 다행히 좀비 동물은 더 이상 나타나지 않았다.

그렇게 서너 시간쯤 달렸을까. 환한 달빛 아래 돔 모양의 회색 건물이 서서히 모습을 드러냈다.

나눅이 전자동 스키 속도를 줄이고 우리에게 외쳤다.

"바로 저기가 북극 글로벌 연구 기지야!"

5
고양이처럼 살금살금

"어, 이게 왜 그냥 열리지?"

리호가 당황하며 말했다. 살짝 밀어 보았을 뿐인데 연구 기지 정문이 바로 열리는 게 아닌가. 30년 전 해킹 프로그램이라도 써야 하나, 고민하던 나도 놀라고 말았다.

"전력망이 붕괴됐다더니 보안 시스템도 꺼졌나 봐. 일단 들어가 보자."

기지 내부로 들어가니 정문을 중심으로 양쪽으로 이어진 복도가 보였다. 문이 열렸는데도 나오는 사람이 아무도 없었다. 너무 조용해서 소름이 끼쳤다. 어디로 가야 할지 몰라서 다시 무전기를 켜 봤지만 여전히 연결되지 않았다. 낮은 한숨이 새어 나왔다.

그때 은실이가 앞발로 내 다리를 톡톡 쳤다.

"은실아, 왜 그래? 어, 그건 뭐야?"

아까부터 입구 주변을 돌아다니던 은실이가 손바닥 크기의 작은 기계를 물고 있었다.

"오! 이거 핑거탭이잖아. 누가 흘리고 갔나 봐."

나눅이 반색하며 핑거탭이라는 기계를 가져갔다.

"아직 배터리가 남아 있어. 잘됐다. 이 안에 기지 안내도가 있겠지."

나눅이 탭을 이리저리 터치하자, 공중에 입체 안내도가 떠올랐다.

"우리가 서 있는 곳이 여기고, 오른쪽으로 쭉 가면 연구동이 나오네. 거기 권현욱 아저씨의 연구실이 있어. 혈액 냉각 주사도 연구실에 있겠지?"

나는 나눅이 건네준 핑거탭을 움직여 보았다. 핑거탭은 2115년에 사용하는 개인 스마트 기기인 듯했다. 하이퍼폰에 비해 작았지만 사용법은 훨씬 쉬웠다.

탭으로 안내도를 살폈다. 권현욱 아저씨 방에서 멀지 않은 곳에 옥사나 박사의 방도 있었다. 우리는 일단 연구동으로 향했다.

오른쪽 복도 끝에 다다르자 문이 또 있었다. 안내도에 의하면 문 너머부터 연구동이었다. 투명한 유리문에서 빛이 흘러나오는 걸 보니 부분적으로나마 비상 발전기가 가동되는 모양이었다.

저 너머에 옥사나 박사가 있을지도 모른다는 생각에 마음이 조급해졌다. 나는 조심스럽게 유리문 안을 들여다보았다.

"흡!"

터져 나오려는 비명을 가까스로 삼켰다. 불빛이 깜빡거리는 복도에는 좀비, 아니 감염자들이 어슬렁거리며 돌아다니고 있었다. 창백한 불빛 아래 푸르스름하게 드러난 잿빛 피부와 붉은 반점, 희뿌연 눈동자를 보니 이미 2기를 넘긴 듯했다. 입고 있는 하얀 실험실 가운은 줄줄 흐르는 침과 어디서 묻은 건지 모를 붉은 피로 물들어 지저분했다.

나눅과 리호도 감염자들의 존재를 확인하더니 겁에 질린 얼굴이었다. 나는 손으로 입을 막은 채 뒤쪽을 가리켰다. 우리는 숨을 죽이고 뒷걸음치다가 한달음에 정

문 밖으로 도망쳤다.

"어쩌지? 대충 봐도 스무 명은 넘겠던데."

리호가 몸을 부르르 떨자, 나눅이 하얗게 질린 얼굴로
대꾸했다.

"그렇지만 반드시 저기를 뚫고 지나가야 해. 혈액 냉

각 주사를 구해야 한단 말이야."

골목에서 경험했지만 좁은 복도에서 싸우는 것은 너무 위험했다. 검과 창을 제대로 휘둘러 보지도 못하고 금방 포위당할 것이다.

'싸우지 않고 통과할 수 있는 다른 길은 없을까?'

나는 문득 우리가 가까이 갈 때까지 감염자들이 눈치채지 못했다는 것을 떠올렸다.

"소리 내지 않는다면 지나갈 수 있을지도 몰라."

내 말에 리호가 여전히 불안한 얼굴로 물었다.

"하지만 체온은 어떻게 감춰? 문을 열자마자 우리 체온을 느낄 텐데."

나눅이 좋은 생각이 났다며 갑자기 방한복을 벗기 시작했다. 그러고는 바닥의 눈을 집어서 팔다리와 얼굴에 문질렀다.

"으으, 차가워. 너희도 해 봐. 체온이 바로 떨어질걸."

간단하지만 확실한 방법이었다. 리호와 나도 곧바로 방한복과 체온 조절 슈트를 벗었다. 드러난 맨살에 매서운 북극 바람이 그대로 전해졌다.

"으아아! 춥다, 추워. 이러다 얼어 죽는 거 아니야?"

리호가 비명을 질러 댔다. 엄살이라고 하기에는 정말 추웠다. 살갗이 얼다 못해 아파 왔다. 나는 딱딱 부딪치는 이를 악물고 옷을 벗었다.

은실이가 덜덜 떠는 우리를 불안한 눈빛으로 쳐다보았다. 이제 자기 차례라는 것을 아는 것 같았다. 리호가 도망가려는 은실이를 겨우 붙잡아 슈트를 벗겼다.

"은실이는 우리보다 체온이 더 높으니까 확실히 떨어뜨려야만 해."

리호는 내 말에 "은실아, 미안해."라고 말하고는 눈 속에 은실이를 파묻다시피 했다. 은실이는 캬아앙, 비명을 질렀지만 더는 도망가지 않았다.

우리는 슈트와 방한복을 배낭에 넣고 얼른 다시 기지로 들어갔다. 체온이 오르기 전에 서둘러야 했다. 모두 까치발을 하고 오른쪽 복도 끝으로 갔다. 드디어 감염자가 우글거리는 문 앞에 다다랐다.

지금부터는 아무 소리도 내서는 안 된다. 걱정과 긴장으로 심장이 미친 듯이 뛰었다. 심장 박동 소리가 밖으로 들릴까 무서울 정도였다.

'이서림, 침착해. 할 수 있어!'

나는 문 앞에 서서 심호흡했다. 그리고 마침내 손을 뻗어 조심조심 열림 버튼을 눌렀다.

스르르 문이 열리자 몇몇 감염자가 고개를 홱 돌렸다. 바깥 공기가 흘러 들어가자 달라진 온도를 감지한 듯했다. 희뿌연 눈동자로 허공을 두리번거리더니 팔을 뻗으며 순식간에 다가왔다. 우리는 숨을 참고 벽에 바짝 붙었다.

"그으으으. 우어어."

깨진 안경을 쓴 남자가 내 코앞을 아슬아슬 스쳐 지났다. 그 순간 뭐라 설명할 수 없는 썩은 냄새가 코를 찔렀다. 구역질이 올라왔지만 간신히 참았다. 안경 쓴 남자를 시작으로 몇몇 감염자가 우리를 지나쳐 문밖으로 나갔다.

몇 분쯤 흘렀을까. 남은 감염자들이 아무 일 없었다는 듯 다시 고개를 돌렸다. 그들은 몸을 기묘하게 꺾으며 복도를 어슬렁거렸다. 지금은 저렇게 느리게 움직이지만 공격할 대상을 찾았을 때는 빠르고 강했다. 절대로 들켜서는 안 되었다.

잔뜩 긴장한 나는 안으로 한 발 내디뎠다. 슬로 모션

이라도 걸린 것처럼 천천히 걷는 내 옆으로 은실이가 먼저 지나갔다. 은실이는 고양이 특유의 날렵하고 민첩한 동작으로 감염자 사이를 이리저리 피해 다녔다. 발소리조차 나지 않았다. 이럴 때는 정말이지 나도 고양이가 되고 싶었다.

어느새 맞은편 문에 다다른 은실이가 나를 쳐다보았다. 빨리 오라는 눈빛이었다. 더는 망설일 수 없었다. 실내에 들어와서인지 긴장 때문인지 몸이 점점 더워지는 것이 느껴졌기 때문이다.

나는 첫 번째 감염자 옆을 살금살금 지나쳤다. 문제는 두 번째 감염자였다. 두 번째 감염자는 팔을 획획 휘두르고 있어서 쉽지 않았다. 감염자가 반대편 벽을 보고 있을 때 재빨리 지나가려는데 갑자기 눈앞에 뒤틀린 팔이 나타났다.

'흐읍!'

숨을 참으며 반사적으로 무릎을 구부렸다. 감염자의 팔이 내 머리 위를 스쳤고 다행히 들키지 않았다. 안도의 숨을 내쉬기도 전에 세 번째 감염자가 나타났다. 이번에는 벽에 바짝 붙어서 간신히 지나갔다.

나눅과 리호가 출발하는 것이 보였지만 신경 쓸 겨를이 없었다. 워낙 운동 신경이 좋은 두 사람이니 잘 해낼 것이다. 늘 그렇듯 내가 문제였다.

감염자들은 계속 움직였고, 복도는 좁았다. 숨을 참고 몸을 이리저리 비틀었다가 벽에 붙었다가 바닥에 엎드리기도 했다. 몇 번이나 심장이 철렁 내려앉았고 비명이 터져 나올 뻔했지만 꾹 참았다.

'이제 마지막 한 명 남았다.'

긴 머리를 늘어뜨린 감염자가 등을 보인 채 가만히 서 있었다. 나는 손으로 입을 막은 채 살금살금 그 옆을 지났다.

그때 감염자의 하얀 가운 위로 붉은 피가 주르륵 흘러내렸다. 나도 모르게 고개가 돌아갔다. 거의 흑빛으로 변한 감염자의 얼굴과 긴 머리칼은 온통 피범벅이었다. 그의 두 손에는 목을 물어뜯긴 작은 쥐 한 마리가 바르르 떨고 있었다.

"끄으읍!"

목구멍에서 비명이 되지 못한 소리가 새어 나왔다.

감염자의 긴 머리카락이 서서히 내 쪽으로 향했다. 감

염자의 탁한 눈동자를 마주한 순간, 마치 내가 그 쥐가 된 것 같은 공포가 밀려왔다.

진짜 좀비가 아니라 바이러스에 걸린 환자일 뿐이라고 수십 번 되뇌었지만, 끔찍한 장면 앞에서는 소용없었다. 온몸에 힘이 빠지면서 손에 쥐고 있던 핑거탭이 바닥으로 떨어졌다.

타앙! 맑은 금속 소리가 긴 복도에 울려 퍼졌다. 감염자들이 일제히 고개를 돌렸다. 조금 전까지 느리게 어슬렁거리던 것과는 달리 뻣뻣한 팔을 휘두르며 빠르게 달려들었다. 가장 가까이에 있던 긴 머리 감염자가 쥐를 던져 버리고 나를 향해 손을 뻗었다. 도망가야 하는데 몸이 말을 듣지 않았다. 그때 리호가 완전히 얼어붙은 내 손을 낚아챘다.

"서림아, 뛰어!"

정신을 차려 보니 리호가 내 앞을 막고 티타늄 검을 휘두르고 있었다. 나눅도 창으로 감염자들을 막아 보았지만 역부족이었다. 고통을 느끼지 못하는 감염자들은 지치지 않고 꾸역꾸역 밀려들었다.

"미, 미안해. 또 나 때문에……."

"그런 소리 하고 있을 때가 아니야. 빨리 여기서 벗어나야 해."

리호의 말이 맞다. 이미 들켜 버린 이상 빨리 도망가는 수밖에 없었다. 나는 은실이가 기다리는 문을 향해 내달렸다. 하지만 감염자들을 막느라 리호와 나눅은 좀처럼 우리와 가까워지지 못했다.

기지 안에는 던질 눈덩이도 고드름도 없었다. 내 실수 때문에 벌어진 일인데 할 수 있는 게 아무것도 없었다. 어쩔 줄 몰라 하며 동동거리는데 은실이가 자기를 보라는 듯 끈질기게 울었다.

고개를 돌려보니 은실이는 동그란 금속 통 위에 올라가 꼼짝하지 않았다. 금속 통에는 '이산화탄소 포집 캔'이라 쓰여 있었다. 여러 실험으로 발생하는 이산화탄소를 압축해서 모아 두는 통인 듯했다.

'30년 후의 미래에는 아주 적은 이산화탄소도 허투루 내보내지 않는구나.'

그 생각과 함께 좋은 계획이 떠올랐다.

'그래, 저걸 이용하면 되겠다.'

나는 끙끙거리며 금속 통을 옆으로 눕혔다. 그리고 나

눅을 향해 굴리면서 외쳤다.

"나눅, 창으로 이 통에 구멍을 뚫어. 그리고 곧바로 문을 향해 뛰는 거야!"

나눅이 이유도 모르면서 "오케이!"를 외쳤다. 그리고 금속 통을 향해 끝이 뾰족한 창을 꽂아 넣었다.

피시시시식. 금속 통에서 하얀 연기가 새어 나왔다. 나눅이 창을 빼내자 엄청난 연기가 솟구쳤다. 압력이 순간적으로 빠져나간 금속 통은 제멋대로 움직였다. 놀란 나눅이 옆으로 피했다.

"앗! 차가워."

"그거 이산화탄소야! 압축된 이산화탄소가 빠져나가면서 기화가 일어나는 거지. 그러면서 주변 열을 흡수해 온도가 내려가는 거고."

"무슨 소리인지 모르겠지만 아무튼 드라이아이스 같은 게 나온다는 거지?"

"그래, 맞아!"

나눅이 달려드는 감염자들을 향해 금속 통을 굴렸다. 그러자 냉각된 이산화탄소가 마구 흩뿌려졌다.

"우어어. 으어."

　차가운 이산화탄소가 몸에 닿자 감염자들은 고통스
러워하며 뒤로 물러났다. 굴러다니는 통에 맞아 넘어지
는 감염자도 있었다. 한두 명이 넘어지니 그들끼리 엉
키기도 했다.

　그사이에 리호와 나눅이 맞은편 문에 도착했다. 문을
열고 나온 우리는 곧바로 잠금 버튼을 눌렀다.

　문이 잠긴 걸 확인하고서야 내내 참았던 숨을 토해 냈
다. 허리를 숙이며 가쁜 숨을 고르는데 리호가 내 머리를 흩뜨리며 말했다.

"서림아, 정말 잘했어!"

나눅이 웃으며 리호와 나에게 어깨동무를 했다.

"우리 완전 환상의 팀인 것 같아!"

실수를 만회할 수 있어서 다행이었다. 나도 둘을 바라보며 힘주어 고개를 끄덕였다.

눈앞에 밝은 복도가 이어졌다. 전력이 잘 공급되는지 불빛이 깜빡이지도 않았다. 비상 전력이 이곳에 집중돼 있는 걸 보니 중요한 공간인 듯했다.

복도를 좌우로 둘러보던 나눅이 핑거탭을 켰다. 정신 없는 상황에서도 내가 흘린 핑거탭을 주워 온 것이다. 안내도를 유심히 보던 나눅의 표정이 밝아졌다.

"진짜 다 왔어. 무전기 받았던 아저씨 방은 여기서 네 번째 방이야."

"그래, 얼른 가 보자. 그 아저씨를 만나야 옥사나 박사님도 어찌 됐는지 알 수 있지."

나눅이 서두르는 리호를 붙잡았다. 나눅은 무슨 일인지 머뭇거리다가 결심한 듯 입을 열었다.

"만일에 박사님이 안 계시면…… 너희도 나랑 같이

우리 집으로 가자. 어차피 기지도 이 모양이라 한국으로 돌아갈 방법도 없을 것 같은데."

우리를 걱정하는 나눅의 마음에 가슴이 뭉클해졌다.

"말은 고맙지만 네가 엄마, 아빠를 구하고 싶은 것처럼 우리도 빨리 집으로 돌아가고 싶어. 어떻게든 그 방법을 찾을 거고."

말은 그렇게 했지만 쉽지 않을 터였다. 옥사나 박사를 만난다고 해도 그게 끝이 아니었다. 48시간 안에, 아니 이제는 고작 30시간 안에 아프론타 나무 씨앗을 되찾아 아마존으로 돌아가야 한다. 하지만 씨앗을 어디서 어떻게 찾을 수 있을지 전혀 알 수 없다는 것이 지금으로선 가장 큰 문제였다.

"그래. 너희 둘이라면 끝까지 해낼 수 있을 거야. 그래도 도움이 필요하면 꼭 말해 줘. 날 구해 준 은혜를 꼭 갚을⋯⋯."

리호가 나눅의 어깨에 손을 척 올리며 말을 끊었다.

"친구끼리 은혜가 어디 있냐? 빨리 가기나 하자고."

"응, 그래."

둘은 사이좋게 어깨동무를 하고는 앞장서서 걷기 시

작했다. 꼭 단짝 같은 모습에 웃음이 나왔다.

은실이가 훌쩍 뛰어올라 내 품에 안겼다. 나는 어느새 온기를 되찾은 은실이를 꼭 안으며 걸음을 재촉했다.

6
바이오 잠금장치를 열어라!

권현욱 아저씨의 연구실은 텅 비어 있었다.

실망한 나눅은 혹시 혈액 냉각 주사가 있을지도 모른다며 안으로 들어갔다. 주인 없는 방에 들어가는 것이 꺼림칙했지만 언제까지 기다리고 있을 수만은 없었다.

우리는 서랍이나 캐비닛처럼 주사가 있을 만한 곳을 열어 보았다. 책상이나 책장 위도 구석구석 살폈다. 그러다가 눈에 익은 풍경이 담긴 사진 한 장을 발견했다.

리호도 그 장소를 알아봤는지 반갑게 외쳤다.

"어, 여긴 한국의 미래공원이잖아? 30년이 지나도 여전하네."

나는 나늑의 눈치를 살피며 속삭였다.

"쉿! 우리가 과거에서 왔다는 걸 광고라도 하고 싶은 거야?"

다행히 나늑은 혈액 냉각 주사를 찾느라 정신이 없는지 듣지 못한 듯했다. 나는 웬 중년 여성과 젊은 청년이 미래공원을 배경으로 찍은 사진을 보았다. 한눈에 보아도 다정한 엄마와 아들 같았다.

'이 사람이 권현욱 아저씨겠지? 머나먼 북극에서 한국인을 만난 것도 반가운데, 우리가 자주 놀던 미래공원을 아는 사람이라니.'

아직 만나지도 못했는데 권현욱 아저씨가 친근하게 느껴졌다.

"아저씨는 어디에 있을까? 무슨 일이라도 생긴 건 아니겠지?"

나는 무전기를 다시 켜 보았다. 잠시 후 방 어디에선가 치지직 하는 잡음이 들렸다. 은실이가 귀를 쫑긋거리더니 책상으로 다가갔다. 그러고는 책상과 책장 사이 좁은 틈에 앞발을 집어넣었다. 짧아서 닿지 않는지 나를 보며 도와달라는 듯 '냐앙' 울었다.

허리를 구부리고 틈새로 손을 밀어 넣자 정말로 딱딱한 무전기가 만져졌다. 아저씨가 책상 위에 올려 두었다가 떨어뜨린 것 같았다.

'그래서 계속 무전이 연결되지 않았던 건가?'

무전기를 끄집어내자 펑거탭이 같이 딸려 나왔다. 'GHU'이라는 이니셜이 새겨진 걸 보니 권현욱 아저씨의 것인 듯했다.

잠시 망설이다가 아저씨의 행방을 알 수 있을지도 모른다는 생각에 펑거탭을 터치했다. 허공에 뜬 홀로그램 화면에는 아이콘이 잘 정리돼 있었다. 그런데 최근 저장된 사진 하나가 눈에 띄었다.

리호가 놀라 소리쳤다.

"어, 저게 뭐야? 코끼리가 왜 북극에 있어?"

코가 긴 거대한 동물 앞에 연구원이 모여서 찍은 사진이었다.

"코끼리는 아니고 매머드 같아. 그런데 거의 만 년 전에 멸종한 매머드가 어떻게 저렇게 멀쩡할 수가 있지?"

나도 감탄하지 않을 수 없었다. 사진을 흘낏 쳐다보던 나눅도 화면 앞으로 다가왔다.

"영구 동토층이 냉동고 역할을 했으니까 꽝꽝 얼어 있었을 거야. 최근 땅이 녹으면서 발견된 거 같아."

보통은 뼈만 발견되는데 이 매머드는 긴 코와 몸 전체가 거의 완벽한 형태로 보존돼 있었다. 매머드를 발굴한 걸 기념해서 찍은 사진인 듯했다. 그런데 연구원 한 명의 얼굴이 어딘지 익숙했다.

'저 긴 생머리의 여자는⋯⋯.'

내가 화면 속 인물을 가리키며 말했다.

"아까 본 감염자야. 저기 저 안경 쓴 남자도 있었고."

리호와 나눅도 몇몇 얼굴을 가리키며 우리가 본 감염자가 틀림없다고 했다. 사진 속 연구원 대부분이 엔피웜 바이러스에 감염됐다는 사실에 소름이 끼쳤다.

연구원 중에는 미래공원 사진에서 봤던 아들도 있었다. 까만 앞머리가 덥수룩한 이 남자가 바로 권현욱 아저씨 같았다.

"아저씨도 바이러스에 감염된 거 아닐까?"

리호의 걱정 섞인 질문에 나는 자신 없는 목소리로 대답했다.

"아닐 거야. 어제 오후에 무전기로 대화할 때는 멀쩡

했잖아. 설령 그때 바이러스에 걸렸다고 하더라도 2기까지 진행됐을 리도 없고."

나는 힌트를 더 찾고 싶어서 아저씨의 핑거탭에서 최근 문서 하나를 터치했다. 그러자 2060년 북극 지도가 화면에 떴다. 자세히 보니 몇 군데가 붉은색으로 표시돼 있었다.

'중요한 곳인가? 왜 이런 표시를 해 뒀지? 그런데 왠지 익숙한 장소 같은데.'

기억을 떠올리려고 애쓰던 그때였다.

에에에에엥! 갑자기 요란한 경고음이 울렸다. 문밖에서 들려오는 소리였다.

"무슨 일이지?"

나눅이 겁먹은 얼굴로 복도를 쳐다보았다. 은실이도 놀랐는지 내 품에 와락 안겼다.

리호가 검을 꺼내 들고 말했다.

"가 보자. 아저씨일지도 모르잖아."

무서웠지만 확인하지 않을 수 없었다. 지도는 나중에 다시 살펴봐야겠다는 생각에 핑거탭을 주머니에 넣었다. 그러고는 마른침을 삼키며 복도로 나섰다.

복도 끝에서 붉은빛이 깜빡이고 있었다. 접근하지 말라는 강력한 경고 같았다. 붉은빛에 가까워질수록 경고음 사이로 누군가가 화내는 소리가 또렷해졌다.

"아, 진짜! 또 잠겼어? 이게 대체 몇 번째야?"

왼쪽으로 꺾어지는 복도에서 분명 한국어가 들려왔다. 반가운 마음에 리호가 뛰어가며 외쳤다.

"혹시 권현욱 아저씨예요?"

문 앞에 서 있던 남자가 놀라 돌아보았다. 머리가 덥수룩하게 자란 젊은 남자의 눈이 휘둥그레졌다.

"내가 권현욱이긴 한데, 너희는 누구니? 어떻게 여기 들어왔어?"

하긴 감염자가 득시글거리는 북극 기지에 아이 셋이 나타났으니 얼마나 놀랐을까?

나는 리호 옆에 서서 말했다.

"어제 무전기로 통화했던 게 저희예요. 정문 보안 시스템이 고장 났는지 저절로 문이 열렸고요. 그리고 이건 아저씨 방에서 찾았어요. 무전기 소리를 따라가다가 발견한 거예요."

내가 내민 무전기를 받아 들고서도 믿기지 않는지 아

저씨가 다시 물었다.

"맙소사! 이렇게 어릴 거라고는 생각하지도 못했어. 정말 너희끼리 온 거니?"

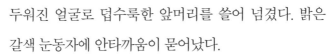

내가 뭐라고 대답하기도 전에 나눅이 물었다.

"혈액 냉각 주사는 어디 있어요? 우리 엄마, 아빠가 감염돼서 빨리 필요해요."

현욱 아저씨는 돌연 어두워진 얼굴로 덥수룩한 앞머리를 쓸어 넘겼다. 밝은 갈색 눈동자에 안타까움이 묻어났다.

"어쩌지. 나도 빨리 주고 싶다만 지금 상황으로는 어렵겠는데."

"아니, 왜요?"

아저씨가 앞에 있는 문을 가리켰다.

"남은 혈액 냉각 주사가 이 연구실에 있는데 문을 열수가 없어. 옥사나 박사님이 바이오 잠금장치를 설치하는 바람에……."

옥사나 박사의 이름에 귀가 번뜩 뜨였다.

"여기가 옥사나 박사님 연구실이에요? 박사님은 무사하신가요?"

내 질문에 아저씨는 의문 가득한 눈으로 옥사나 박사를 어떻게 아느냐고 물었다. 당황한 나를 대신해 리호가 나서서 둘러댔다.

"서림이 얘가 과학 영재거든요. 옥사나 박사님 팬이에요, 팬."

권현욱 아저씨가 웃으며 말했다.

"그래? 나도 너만 할 때부터 아이돌보다 과학자를 더 좋아하긴 했지. 세상을 바꾸는 건 이런 혹독한 환경에서 묵묵히 연구하는 과학자들이니까. 그런데도 당장 돈이 안 된다는 이유로 과학자가 인기 없는 직업이 된 게 너무 안타까워."

이맛살을 찌푸리며 목소리를 높이던 아저씨가 이내 표정을 부드럽게 바꾸었다.

"그나저나 너는 요즘 애들 같지 않구나. 너도 옥사나 박사님처럼 바이오테크놀로지 분야에 관심이 많니?"

그런데 아저씨의 말이 좀 이상했다.

'옥사나 박사는 메테인을 흡수하는 미생물을 연구한다고 했는데, 그게 바이오테크놀로지와 무슨 관계지?'

의문이 들었지만 나는 황급히 고개를 끄덕였다.

"그런데 옥사나 박사님은요?"

"아무래도 박사님마저 감염된 것 같아."

그토록 찾아 헤매던 옥사나 박사가 이미 바이러스에 감염됐다니 눈앞이 캄캄했다. 아저씨는 무거운 목소리로 그동안 연구 기지에서 벌어진 일에 대해 설명하기 시작했다.

일주일 전부터 기지에 아픈 사람이 생겨났다고 한다. 어떤 병인지 알 수 없어서 일단 혈액 냉각 주사를 맞혀 병의 진행을 늦추기로 했다. 하지만 주사 효과가 떨어지자 수면 캡슐에서 잠든 감염자들이 깨어나기 시작했다는 것이다.

"그때 엔피웜 바이러스의 정체를 알게 됐어. 가만두면 좀비처럼 변하게 된다는 것도. 그래서 깨어난 감염자들을 격리해 둔 거였어. 이 모든 일을 옥사나 박사님이 지휘하고 있었는데……."

현욱 아저씨는 긴 한숨을 내쉬고는 다시 입을 열었다.

"어제까지만 해도 이 연구 기지에 옥사나 박사님과 나, 그리고 주방 조리사 한 명 이렇게 세 명이 남아 있었어. 그런데 어디선가 무전기 소리가 들려서 찾아 나섰지. 구조 소식인가 싶어서 말이야."

"그 무전 상대가 바로 나였군요."

"맞아. 중간에 무전이 끊어져서 다시 돌아가려고 하는데 깨어난 감염자들이 튀어나왔지. 겨우 도망쳐 나왔지만 그 과정에서 옥사나 박사님이 감염자에게 물리고 말았어."

아저씨는 박사님이 스스로 혈액 냉각 주사를 맞고 수면 캡슐에 들어갔다고 했다. 그렇다면 아직 늦은 것은 아니었다. 빨리 치료제를 찾아서 살리면 되는 것이다.

"그런데 큰 문제가 생겼어."

현욱 아저씨가 바로 앞에 있는 무거운 금속 문을 잡아당겼다. 한 사람이 들어갈 정도의 작은 공간이 있었고, 그 앞에 파란 문이 하나 더 있었다.

"여기는 살균 소독을 하는 클린 박스야. 그런데 감염자들을 겨우 격리하고 박사님을 살피러 왔더니 처음 보는 장치가 또 하나 생겼더라고."

아저씨는 클린 박스로 들어가서 파란 문에 설치된 장치 앞에 섰다.

그러자 인공 지능의 목소리가 흘러나왔다.

"엔피웜 바이러스에 감염된 사람은 이 연구실에 들어갈 수 없습니다. 출입을 원하면 디스플레이에 손가락을 올려 주세요. 혈액 검사 후 비감염자임이 확인되면 문이 열립니다."

아저씨가 디스플레이에 손을 올리자 에엥 소리와 함께 빨간 경고등이 깜빡였다. 아저씨는 어깨를 으쓱해 보이며 우리를 돌아봤다. 그러고는 흘러내린 앞머리를 쓸어 올리며 말했다.

"봤지? 옥사나 박사님이 수면 캡슐에 들어가기 전에 급하게 설치하느라 잘못된 것 같아. 나는 엔피웜 바이러스 감염자가 아닌데도 문이 안 열린다니까."

아저씨가 클린 박스를 나오자마자 나눅이 장치 앞으로 뛰어들었다. 그러고는 절박한 표정으로 디스플레이에 손을 올리며 외쳤다.

"제가 해 볼게요. 제가 문을 열 수 있어요!"

하지만 또다시 빨간 경고등이 켜졌다. 우리만큼이나 아저씨도 놀란 얼굴이었다. 그러더니 당황한 목소리로 말했다.

"봐, 봤지? 기계가 고장 난 거라니까."

나눅이 억지로라도 문을 열 방법이 없냐고 물었지만, 현욱 아저씨는 그랬다가는 연구실 전체가 폭발할 거라며 고개를 가로저었다. 아저씨의 대답에 연구실에 무거운 침묵이 내려앉았다.

그 순간 은실이가 갑자기 내 품에서 뛰어내렸다. 은실이는 곧장 클린룸으로 들어가더니 디스플레이에 앞발을 올렸다. 잠시 후 녹색등이 켜지며 문이 열렸다. 그 틈에 은실이가 연구실로 들어가 버렸다.

"어어?"

내가 급히 뒤따랐지만 문은 이미 닫히고 말았다. 머릿속이 새하얗게 변해 무작정 디스플레이에 손을 올렸다. 바늘로 콕 찌른 듯 따갑더니 위잉, 기계 돌아가는 소리가 났다. 잠시 후 녹색 불이 켜졌고 연구실로 통하는 문이 열렸다. 들어가 보니 은실이가 문 앞에 얌전히 앉아 있었다.

옥사나 박사의 연구실은 내가 상상하던 연구실의 모습과 비슷했다. 넓은 책상에는 갖가지 실험 도구와 장비, 알 수 없는 물질이 든 유리병들이 놓여 있었다. 한쪽에는 여러 자료가 쌓여 있고 최첨단 컴퓨터도 보였다.

책상 반대쪽에 수면 캡슐이 있었다. 캡슐에는 오십 대로 보이는 옥사나 박사가 눈을 꼭 감고 잠들어 있었다. 타이머를 보니 잠든 지 여덟 시간 정도 지난 것 같았다.

'이제 아프론타 나무 열매만 구하면 박사님을 살릴 수 있을 거야.'

수면 캡슐 속 옥사나 박사의 모습에 안도의 한숨이 흘러나왔다.

그때 은실이가 수면 캡슐 오른쪽 빈 벽을 경계하며 털을 곤두세웠다.

"캬아아옹!"

은실이가 하악거리는 걸 보니 이 너머에 뭐가 있는 것 같았다. 나는 조심스럽게 벽에 다가갔다. 그러고는 벽에 귀를 대고 콩콩 두드려 보았다. 텅 비어 있는지 소리가 울렸다.

'비밀 공간인가?'

나는 문 열 방법을 찾다가 작은 버튼 하나를 발견했다. 그걸 살짝 터치하자 스르륵 문이 열렸다.

"뭐야, 싱겁긴. 비밀 공간이 아니라 그냥 벽장이잖아."

피식 웃으며 돌아서려던 나는 깜짝 놀랐다. 은실이가 옷이 잔뜩 걸린 벽장으로 뛰어들더니 앞발을 마구 휘둘렀고, 곧이어 "꺄아!" 하는 비명이 들려왔기 때문이다.

걸려 있는 옷을 한쪽으로 치우자 웬 젊은 여자가 구석에 숨어 있었다. 금발 머리에 흰 피부, 푸른 눈동자……. 어디선가 본 듯한 얼굴이었다.

"누구……."

질문을 채 끝내기도 전에 문이 열리더니 리호의 목소리가 들려왔다.

"서림아, 괜찮아?"

연구실로 들어온 리호가 젊은 여자와 나를 번갈아 보았다.

"저 사람은 누구야?"

"나도 아직 몰라. 그런데 너는 여기 어떻게 들어왔어?"

"나? 너처럼 디스플레이에 손을 올렸더니 그냥 열리던데."

"뭐야? 바이오 잠금장치가 고장 났다더니. 왜 우리한 테만 그냥 열리는 거야? 저기요, 여기 연구원이세요? 혹시 아는 거 있어요?"

나는 벽장에 서 있던 여자를 쳐다보며 물었다. 여자는 우리를 경계하며 아무 말도 하지 않았다.

그때 주머니에 넣어 둔 무전기가 울렸다. 받아 보니 권현욱 아저씨의 다급한 목소리가 흘러나왔다.

"이거 큰일이야. 바이오 잠금장치가 제멋대로 작동하는 것 같아. 완전히 고장 나기 전에 얼른 이 문 좀 열어 줄래?"

"네, 잠깐만요."

리호가 달려가 문을 살폈다. 다행히 문 안쪽에는 아무런 장치가 없었다. 아저씨가 들어오면 저 여자가 누구인지도 알 수 있을 것이다.

나는 리호에게 문을 열라고 눈짓을 보냈다. 리호가 문에 손을 올리는 순간, 여자가 소리쳤다.

"안 돼! 권현욱 연구원에게 문 열어 주면 안 돼!"

리호와 나는 어리둥절한 눈으로 여자를 쳐다보았다.

"왜요?"

"바이오 잠금장치는 고장 난 게 아니야. 그 사람이 엔피웜 바이러스에 감염돼서 열리지 않은 거야."

말도 안 된다. 아저씨는 열도 나지 않았고 붉은 반점도 없었다. 하지만 거짓말이라기에는 여자의 얼굴이 필사적이었다.

정체를 알 수 없는 여자와 계속해서 울리는 현욱 아저씨의 무전. 누구의 말을 믿어야 할지 알 수 없었다.

7
거짓말쟁이의 진짜 정체

누가 거짓말쟁이인지 알아내기 전에는 다음 행동을 할 수가 없다. 나는 의심스러운 눈빛으로 여자를 바라보았다.

"언니는 누구예요? 왜 옥사나 박사님 방에, 그것도 벽장에 숨어 있었던 거예요?"

여자는 벽장 밖으로 걸어 나오면서 흐트러진 긴 머리를 쓸어 넘겼다.

"내 이름은 크슈샤야. 북극 기지 주방 조리사고. 옥사나 박사님과는 고향이 같아서 친하게 지냈어."

그러고 보니 현욱 아저씨가 어제까지 감염되지 않은

사람이 세 명이었다고 했던 게 떠올랐다.

"그러는 너희는 누구야? 이런 팬데믹에 애들과 고양이가 어떻게 여기까지 온 거지?"

나는 크슈샤 언니에게 학생 체험단으로 북극 기지에 오던 중 조난당했다고 대충 둘러댔다. 학생 체험단이 종종 오는지 언니는 별 의심을 하지 않았다. 그저 우리 처지를 안타까워하면서도 권현욱 아저씨와 한편이 아니라는 것에 안심하는 듯했다.

"그런데 현욱 아저씨가 엔피웜 바이러스에 걸렸다는 건 무슨 소리예요? 누구보다 멀쩡하던데요."

내 물음에 크슈샤 언니도 혼란스러운 얼굴이었다.

"나도 왜 권현욱만 괜찮은지 모르겠어. 어쩌면 특이 체질이라 진행이 느린 건지도 몰라. 어쨌든 옥사나 박사님은 그가 엔피웜 바이러스의 첫 번째 감염자일 거라 하셨어. 바이러스를 퍼뜨린 것도 권현욱일 거라고."

그래서 옥사나 박사는 감염자에게 물린 긴박한 순간에도 권현욱 아저씨를 막기 위해 바이오 잠금장치를 설치했다는 것이다. 언니도 아저씨를 피해서 이 방에 숨어 있다가 문 열리는 소리를 듣고는 놀라서 벽장으로 숨었다고 했다.

"하지만 현욱 아저씨가 모르고 그런 거면요? 증상이 없으니까 자기도 몰랐을 수 있잖아요. 어떻게 아저씨가 나쁜 사람이라고 확신하는 거예요?"

리호가 납득할 수 없다는 듯 말하자, 언니는 급히 옥사나 박사의 책상으로 다가갔다.

"처음에는 나도 믿을 수 없었어. 늘 웃는 얼굴로 모두에게 친절했으니까. 하지만 박사님이 남긴 연구 자료가 있어. 내용이 어려워 다 이해할 순 없지만, 확실히 권현욱 연구원이 수상하긴 해. 이거 좀 볼래?"

크슈샤 언니는 책상 위에 놓인 박사님의 핑거탭으로 영상 하나를 띄웠다. 현욱 아저씨의 방에서 사진으로도 보았던 매머드 발굴 현장이었다.

"이건 박사님이 직접 찍은 영상이야. 그런데 뭔가를 확대한 장면이 있어."

매머드의 다리 부분이었다. 얼어 있는데도 붉은 반점이 보였다. 매머드 앞에서 환하게 웃던 현욱 아저씨가 박사님의 카메라를 발견하고는 슬쩍 반점을 가리는 것까지 찍혀 있었다.

영상을 보던 리호가 놀라며 말했다.

"서림아, 너도 봤어? 매머드 다리에 붉은 반점이 있어. 매머드도 바이러스에 걸린 걸까? 하지만 매머드는 이미 한참 전에 죽었잖아."

리호의 말에 오싹해졌다. 무서운 가능성 하나가 머릿속을 스쳤기 때문이다.

"아무래도 첫 번째로 감염된 건 저 매머드인 것 같아.

만 년 전에 감염된 상태로 죽은 거지. 바이러스와 함께 얼어 있었던 거야. 그게 녹으면서 바이러스가 되살아난 거고."

리호가 떨고 있는 내게 되물었다.

"2060년에 빙하에서 나온 치명적인 바이러스처럼?"

"맞아. 바이러스는 몇만 년 얼어 있어도 환경만 맞으면 좀비처럼 다시 살아나니까. 아니, 잠깐만!"

그 순간 2060년의 북극 지도에 그려진 붉은 표시가 머리를 스쳤다.

나는 주머니에 넣어 둔 아저씨의 핑거탭을 꺼내 지도를 띄웠다. 그러고는 크슈샤 언니에게 물었다.

"혹시 저 매머드가 발견된 곳을 표시한 지도가 있을까요?"

언니는 익숙하게 박사님의 자료를 뒤지더니 지도를 열어 주었다. 나는 터치스크린을 이용해 두 개의 지도를 허공에 겹쳐 보았다.

"완전 똑같아!"

너무 놀라 숨이 턱 막히는 기분이었다.

'누군가 2060년에 바이러스가 발견된 곳을 찾아서 일

부러 빙하를 녹이기라도 했다는 거야?'

고개를 갸우뚱거리던 리호가 지도를 가리켰다.

"여기 나눅 마을 근처 아니야?"

그러고 보니 최근에 뚜렷한 이유도 없이 빙하와 영구 동토층이 녹아내렸다고 했던 나눅의 말이 생각났다. 머릿속에 어지럽게 흩어져 있던 퍼즐이 서서히 맞춰졌다. 그리고 마침내 하나의 결론에 이르렀다.

"현욱 아저씨는 2060년에 세상을 위협했던 치명적인 바이러스를 2115년에 다시 퍼뜨리려고 했던 거야! 그래서 두 바이러스의 유전자가 99퍼센트 일치했던 거지. 1퍼센트의 차이가 왜 생겼는진 모르겠지만 사람들을 좀비처럼 변하게 한 것 같아."

내 말을 유심히 듣던 리호가 물었다.

"그러니까 네 말은 현욱 아저씨가 일부러 빙하를 녹였다는 거야?"

리호의 질문에 크슈샤 언니가 답했다.

"그럴지도 몰라. 이번 매머드 발굴에 앞장선 사람도 권현욱 연구원이었거든. 장소와 날짜를 정한 것도, 빙하를 빠르게 녹일 수 있는 특별한 장치를 개발한 것도, 전부 다."

그 특별한 장치가 뭔지 모르겠지만, 그게 빙하와 영구 동토층을 녹인 것이 틀림없다. 그래서 나눅 마을 근처의 시설도 다 붕괴됐던 것이다.

"하지만 왜 그런 짓을 한단 말이야? 설마 아저씨가 소장의 부하라도 된 걸까?"

리호가 이해할 수 없다는 얼굴로 고개를 절레절레 저었다.

"소장이 어떻게 현욱 아저씨를 끌어들였는지는 알 수 없지만 아무래도 그런 것 같아."

우리 말을 가만히 듣고 있던 크슈샤 언니가 물었다.

"소장이 누군데?"

"으음. 이 모든 일을 꾸민 나쁜 사람이요. 소장은 엔피웜 바이러스의 유일한 치료제인 아프론타 열매를 가지고 있거든요. 만일 그걸 현욱 아저씨한테 줬다면 바이러스에 감염됐어도 금방 나았을 거예요. 그래도 혈액 속에 바이러스 흔적이 남아 있을 테니 바이오 잠금장치가 열리지 않았던 거죠. 제 추측이지만요."

내 설명에 리호가 분통을 터뜨렸다.

"그럼 문을 열기 위해서 우리를 이용했다는 거야?"

믿고 싶지 않았지만 모든 증거가 현욱 아저씨를 가리켰다. 같은 한국인이라서, 미래공원을 아는 사람이라서 처음부터 친근하게 느꼈다. 그런데 나눅의 부모님 이야기에 안타까워하던 표정도, 옥사나 박사의 사고를 전하던 안타까움도 다 거짓이었다니. 내가 느낀 배신감만큼 리호도 단단히 화가 난 모양이었다.

그런데 여전히 의문이 남았다.

'왜 나눅에게도 열리지 않은 거지?'

아저씨에 이어 나눅도 문이 열리지 않아서 바이오 잠금장치가 고장 났다고 생각했다. 아무리 생각해도 알 수 없었다. 하지만 지금 당장 급한 건 나눅을 현욱 아저씨한테서 떼어 놓는 것이다.

나는 곰곰이 생각하다가 무전기를 켰다.

"대체 왜 이렇게 늦어?"

연결되자마자 아저씨가 버럭 소리를 지르더니 아차 싶었는지 헛기침을 했다.

"흠흠, 화내려던 건 아니야. 안에서 무슨 일이 생겼나 너무 걱정돼서."

나는 일부러 난처한 목소리로 말했다.

"아무리 해도 문이 안 열려요. 비상 전력 때문에 보안 시스템이 작동해서 그런 것 같아요. 혹시 비상 전력을 잠시만 끌 수 있어요?"

"그래? 중앙 시스템 관리실에 가면 끌 수 있을 거야."

내 말을 철석같이 믿은 아저씨는 관리실에 금방 다녀오겠다고 했다.

잠시 후 나는 조심스럽게 문을 열었다. 초조한 얼굴로 혼자 서성이는 나눅이 보였다. 나는 얼른 나눅의 손을 잡아끌고 연구실로 들어왔다. 무슨 일이냐며 어리둥절해하는 나눅에게 권현욱 아저씨의 정체를 빠르게 설명했다.

"현욱 아저씨가 엔피웜 바이러스를 일부러 퍼뜨린 거라고? 그럼 우리한테 한 말도 다 거짓말이었던 거야?"

화가 나서 씩씩거리던 나눅의 얼굴이 갑자기 새파랗게 질렸다.

"그러면 혈액 냉각 주사는? 이 방에 남은 게 있다고 했는데?"

우리는 일제히 크슈샤 언니를 쳐다보았다. 언니는 미

안한 얼굴로 고개를 숙였다.

"너무 안타깝지만 옥사나 박사님이 맞은 게 마지막 주사였어."

희망이 사라진 나눅은 그 자리에 털썩 주저앉고 말았다. 이곳까지 오느라 추위에 떨면서도 좀비가 된 늑대들과 목숨을 걸고 싸워 온 나눅이었다.

눈가가 벌게진 나눅은 입을 앙다물며 눈물을 참았다.

"혈액 냉각 주사를 구해서 엄마, 아빠를 살리겠다는 생각 하나로 버텼는데……."

마음이 너무 아팠지만 어떤 말로 위로해야 할지 몰랐다. 나는 나눅의 어깨를 토닥여 주었다.

그때 무전기가 울렸다. 받지 않으려고 했는데 나눅이 거칠게 빼앗아 무전기에 대고 고함을 질렀다.

"이 나쁜 거짓말쟁이! 아저씨는 나쁜 사람이에요!"

나눅이 다짜고짜 소리치자 현욱 아저씨는 당황한 듯 우물거렸다.

"그게 무슨 말이야? 내가 무슨 거짓말을 했다는 거야! 아니, 그런데 지금 너는 어디에 있어? 왜 네가 무전을 받아?"

그제야 뭔가 잘못됐다는 걸 깨달은 모양이었다.

"너 연구실에 들어간 거니? 설마 너희, 지금까지 날 속인 거였어?"

어찌나 길길이 날뛰는지 아저씨의 분노가 무전기를 뚫고 나올 것 같았다.

나눅은 주눅 들지 않고 대꾸했다.

"아저씨가 속인 거에 비하면 아무것도 아니죠. 아저씨가 엔피웜 바이러스를 퍼뜨리고, 혈액 냉각 주사가 있다고 속이고는 이 문을 열려던 거잖아요. 크슈샤 누나한테 다 들었어요."

현욱 아저씨는 사나운 맹수처럼 으르렁거렸다.

"뭐, 크슈샤가 거기 있다고? 어째 안 보인다고 했더니, 쥐새끼처럼 거기 숨어 있었군."

더는 들을 것도 없었다. 나는 무전을 그만 끊으려고 했다. 그런데 다시 권현욱 아저씨의 목소리가 흘러나왔다.

"나눅, 잘 들어. 너 엄마, 아빠를 살리고 싶지? 내게 혈액 냉각 주사보다 더 좋은 게 있어."

나눅의 눈이 휘둥그레졌다.

"그, 그게 뭔데요?"

"내게 바이러스 치료제가 있단다. 나를 도와주면 치료제를 줄 수도 있어."

"정말요?"

나눅의 눈빛이 흔들렸다. 나는 무전기를 황급히 빼앗았다.

"아저씨 말을 어떻게 믿어요?"

"너희, 바이러스의 유일한 치료제인 아프론타 나무가 있는 비밀 온실에 대해 들은 적 있어?"

이곳에 오면서 발견한 디지털 전단지에서 반투명한 페이스 마스크로 얼굴을 가린 사람이 한 말이 생각났다. 머리에 자꾸 손을 올리며 말하던 그 사람의 버릇도 함께. 불현듯 권현욱 아저씨가 흘러내리는 앞머리를 자주 쓸어 올리던 모습이 겹쳐졌다.

"설마 아저씨가 그 마스크 맨이에요?"

내가 소스라치게 놀라자, 아저씨가 웃었다.

"그래, 이제 믿기니? 나눅, 치료제를 구하고 싶다면 내 말 잘 들어. 이 문을 열어 주기만 하면 돼. 그리고 나와 함께 비밀 온실로 가는 거야. 사실 치료제는 아주 소량밖에 없단다. 부모님을 살리고 싶다면 어떤 선택을 해야 하는지 알겠지?"

나눅이 혼란스러운 표정을 지으며 리호와 나를 번갈아 보았다.

나는 아저씨를 믿지 말라고 소리쳤다. 하지만 나눅은 내 시선을 피하더니 고개를 푹 숙였다. 한참 동안 아랫입술을 꽉 깨물고 생각하던 나눅이 마침내 뭔가 결심한 듯 얼굴을 들었다.

"미, 미안해!"

나눅은 말릴 새도 없이 몸을 돌려 문으로 뛰었다. 리호가 막으려고 달려갔지만 늦고 말았다.

문은 열렸고 현욱 아저씨가 안으로 들어왔다. 손에 전자총을 든 아저씨가 의기양양한 미소를 짓고 있었다.

"나눅, 잘했다. 이제 거기 책상 위에 있는 옥사나 박사의 핑거탭을 가져올래?"

나눅은 울 것 같은 표정으로 아저씨에게 핑거탭을 가져갔다. 그 안에는 현욱 아저씨에 대한 증거뿐만이 아니라 옥사나 박사가 평생 연구해 온 결과물이 들어 있을 것이다. 소장이 처음부터 노렸던 게 이거라는 생각이 들었다.

“옥사나 박사님의 연구를 훔치려고 이 방에 들어오려
했던 거군요?”

내 물음에 현욱 아저씨가 고개를 끄덕였다.

“그래, 맞아. 옥사나 박사가 메테인을 흡수하는 미생
물을 연구했다니 전혀 뜻밖이지만. 그거야 이 안에서
찾아보면 될 테고.”

아저씨가 만족한 얼굴로 핑거탭을 주머니에 챙겨 넣고는 나를 쳐다봤다.

"넌 크면 꽤 똑똑한 과학자가 될 것 같다만 아쉽게도 그럴 기회가 없겠네. 바이러스는 끝도 없이 퍼질 테고, 치료제를 구한 극소수의 사람만 살아남을 테니까."

아저씨는 그 말을 남기고 나눅과 함께 천천히 방을 빠져나갔다.

나는 화난 얼굴로 나눅을 쫓아가려던 리호를 붙잡았

다. 무기를 지닌 어른을 이길 방법은 없으니까.

리호가 씩씩거리며 분통을 터뜨렸다.

"어떻게 나눅이 그럴 수가 있어? 은혜를 갚겠다고 할 때는 언제고!"

"엄마, 아빠를 살릴 유일한 기회니까 놓치고 싶지 않았겠지. 화가 나지만 또 한편으로는 이해도 돼. 어차피 이렇게 된 거 아저씨가 나눅에게 진짜로 치료제를 주면 좋겠다."

"서림이 넌 참 마음도 좋다. 나는 가다가 좀비 곰이나 만나라고 저주했는데."

나는 머쓱하게 머리를 긁적이는 리호를 보며 웃었다.

"그래도 얻은 것도 있어. 아저씨 덕분에 비밀 온실의 존재를 확인하게 됐잖아. 디지털 전단지에 여기서 남서쪽으로 30킬로미터 가면 비밀 온실이 있다고 했으니까 거기로 가면 돼. 비밀 온실에서 아프론타 열매를 구해 옥사나 박사님도 살리고, 우리도 집에 돌아가는 거야."

내가 힘주어 말하자 리호가 고개를 끄덕였다. 여태 조용히 듣고 있던 크슈샤 언니가 말했다.

"나도 같이 갈게. 박사님은 내 친구기도 하니까. 그리고 북극은 내가 너희보다 더 잘 아니까 도움이 될 거야."

"우리야 너무 좋죠!"

리호가 환하게 웃으며 외쳤다.

그때였다. 아까부터 잔뜩 몸을 움츠린 채 열린 문을 노려보던 은실이가 벌떡 일어났다. 그러고는 카아앙, 하고 높은 울음소리를 냈다. 그 순간 코를 찌르는 썩은 냄새가 느껴졌다. 뒤이어 끔찍한 소리가 들려왔다.

"우어어어. 우어어."

복도 끝에서 기묘하게 목과 팔을 꺾으며 다가오는 감염자들이 보였다. 아까보다 더 어두워진 잿빛 피부와 붉은 반점, 막이 덮인 것 같은 탁한 눈동자를 희번덕거리며 우리에게 다가오고 있었다.

현욱 아저씨가 감염자들을 가둬 놓은 문을 열고 간 모양이었다. 긴 머리를 늘어뜨린 감염자가 위협적으로 달려왔다. 머리끝이 쭈뼛 솟았다.

"감염자들이 몰려오고 있어. 얼른 문을 닫아야 해!"

내 다급한 목소리에 리호가 문을 향해 몸을 던졌다.

"으아악! 저리 가!"

리호가 비명을 내지르면서 간신히 문을 닫았다. 정말

이지 간발의 차였다. 그런데 가쁜 숨을 돌리기도 전에
나는 한 가지 사실을 깨달았다.

"아무래도 우리 여기에 갇힌 것 같아."

8
마지막 출구를 위한 불꽃

쿵, 쿵, 쿵!

감염자들이 마구 문을 두드려 댔다. 북극 기지의 모든 방은 창문이 없기 때문에 저 문이 유일한 출구였다. 그게 막혔으니 도저히 빠져나갈 방법이 생각나지 않았다.

"어떡해! 아저씨가 아프론타 열매를 다 팔아 버리기 전에 쫓아가야 하는데."

리호가 발을 동동 구르며 말했다. 조급하긴 나도 마찬가지지만 이럴 때일수록 침착하게 집중해야 한다. 나는 지금까지 맞닥뜨린 감염자와 좀비 동물을 떠올렸다.

"불! 불이 필요해요. 감염자들을 붙잡아 놓을 수 있는 유일한 방법이거든요."

그러자 크슈샤 언니가 곤란한 얼굴로 말했다.

"다양한 실험을 하는 연구소에서는 화재가 제일 무서운 재앙이야. 그래서 불을 낼 수 있는 도구는 엄격하게 다루지. 설령 불이 난다고 해도 곧바로 스프링클러가 작동해. 열을 감지한 스프링클러에서 나노 사이즈의 마이크로캡슐이 분사되거든. 공중에서 캡슐이 터지면 냉각 가스가 순간적으로 공기를 얼리면서 불을 끄는 원리지."

옥사나 박사님과 친하다더니 크슈샤 언니의 과학 지식도 상당했다. 불을 만들어 낼 방법이 없다는 말에 실망했지만 곧 다른 방법이 떠올랐다.

"흐음, 냉각 가스가 나온다는 말이죠? 불로 감염자의 시선을 끌 수 없다면, 차가운 걸 이용해서 물러나게 해야겠네요."

나는 천장에 달린 열 감지 센서를 바라보며 말했다. 문제는 스프링클러를 작동시키려면 아주 잠깐이라도 불꽃을 만들어야 한다는 거였다.

"장작 스틱을 다 쓰지 않았으면 좋았을 텐데. 비슷한

효과를 낼 수 있는 게 뭐 없을까?"

나는 옥사나 박사의 방을 둘러보았다. 넓은 책상 위에 어지럽게 놓인 실험 도구들이 눈에 들어왔다. 나는 손바닥을 비비며 책상으로 다가갔다.

'혹시 저기에 쓸 만한 게 있을지도 몰라.'

각종 용액이 든 유리병을 훑어보다가 얇은 고체 칼륨이 담긴 비커를 발견했다.

'그래, 이거면 되겠어!'

나는 화학 시간에 칼륨 불꽃 반응 실험을 했던 걸 떠올렸다. 아이들이 보라색 불꽃을 보고 신기해하자, 선생님은 보기에는 예뻐도 칼륨은 물이 닿으면 수소가 많이 발생해서 폭발하니까 조심하라고 했다.

나는 크슈샤 언니를 돌아보며 물었다.

"언니, 여기 물이 있나요?"

언니가 벽으로 다가가 어딘가를 터치했다. 그러자 벽에서 은색의 작은 관이 튀어나왔다. 그 앞에 컵을 갖다 대자 관에서 투명한 물이 쪼르르 흘러나왔다. 언니가 물이 반쯤 담긴 컵을 내게 내밀며 말했다.

"눈을 녹여서 공급하는 자동 급수대야. 이만큼이면

되겠어?"

"오! 딱 좋아요."

나는 빈 유리병 두 개를 가져와 물을 나눠 남았다. 그러고는 물에 닿으면 녹는 종이를 유리병 중간에 가로놓았다. 마지막으로 그 위에 얇게 썬 칼륨 조각을 하나 올렸다.

"이제 완성이야. 수제 폭죽이라고나 할까. 종이가 녹아서 물과 칼륨이 만나면 큰일이니까 조심해야 해."

리호와 크슈샤 언니가 손에 유리병을 들고 벽에 바짝 붙었다. 리호는 곧바로 달려 나갈 수 있도록 나눅의 배낭까지 챙겨 들었다.

그사이 나는 칼륨 조각 몇 개를 따로 배낭에 넣었다. 그런 다음 은실에 앞에 쪼그리고 앉아 말을 걸었다.

"은실아, 너에게도 아주 중요한 역할을 맡길 거야. 잘 도와줄 수 있지?"

"야아옹."

은실이가 걱정 말라는 듯 고개를 끄덕였다. 언니는 그 모습이 신기한지 연거푸 감탄했다. 우리는 은실이를 방 한가운데 앉혀 놓고 문으로 다가갔다.

"다들 준비됐지? 이제 문 연다!"

나는 하나 둘 셋을 외치고 문을 힘껏 잡아당겼다. 문을 열자마자 감염자들이 안으로 쏟아져 들어왔다. 그들은 잿빛 얼굴을 휙휙 돌리며 뻣뻣한 팔을 마구 휘둘렀다. 무언가를 찾는 듯했다.

감염자들은 곧 천장 중앙의 스프링클러 아래에 앉아 있는 은실이를 향해 달려들었다.

은실이가 날래게 몸을 피했을 때 내가 소리쳤다.

"지금이야! 리호야, 얼른 그 병을 던져."

"알았어!"

리호가 은실이가 있던 자리에 유리병을 던졌다. 병이 흔들리면서 물에 닿은 종이가 녹았고, 종이 위에 있던 칼륨 조각이 물속으로 떨어졌다. 곧 보라색 불꽃이 파바박 튀더니 흰 연기와 불길이 솟아올랐다. 아주 작은 조각이지만 위력은 대단했다.

감염자들이 요란한 소리와 불꽃에 놀라 우왕좌왕했다. 그 순간 천장의 스프링클러에서 차가운 냉각 가스가 세차게 뿜어져 나왔다.

"우어어어. 으으우."

비명인지 신음인지 알 수 없는 소리를 내지르던 감염자들이 달아났다. 하지만 방 가운데서 가스를 정통으로 맞은 감염자들은 얼어붙은 듯 그 자리에서 꼼짝하지 못했다.

우리는 그 틈에 문을 빠져나갔다. 크슈샤 언니가 복도 중간에서 한 번 더 유리병을 던져 스크링클러를 작동시켰다. 용케 문밖으로 피했던 감염자들도 복도 천장에서 쏟아지는 냉각 가스에 가로막혀 더는 쫓아오지 못했다.

정신없이 달리다 보니 어느덧 정문이 보였다. 무시무시한 감염자로 둘러싸인 기지에서 탈출한 것이다.

살아났다는 기쁨에 리호가 문을 열어젖혔다. 어느새 떠오른 태양에 눈이 부셨다.

"와, 탈출했……. 으으으, 추워!"

리호의 환호성이 휘몰아치는 북극 바람에 묻히고 말았다. 리호는 새우처럼 등을 구부리고 덜덜 떨면서 얼른 배낭에서 슈트와 방한복을 꺼냈다. 우리는 번개 같은 속도로 옷을 껴입었다. 몸이 따뜻해지니 비로소 주위를 돌아볼 여유가 생겼다.

사방이 온통 하얀 눈뿐이라 방향을 가늠하기도 어려

왔다. 그런데 아까부터 주변을 기웃거리며 돌아다니던 은실이가 다급히 나를 불러 세웠다.

"냐아냐아."

무슨 일인가 하고 자세히 보니 은실이가 앞발로 눈 위에 난 자국을 가리켰다. 크슈샤 언니가 다가와 자국을 살펴보고는 말했다.

"네 고양이가 스노모빌 자국을 찾은 것 같은데? 권현욱 연구원이 그걸 타고 간 모양이야. 저 자국을 따라가면 되겠다."

언니가 기지 밖에 따로 설치돼 있는 차고로 우리를 데려갔다. 차고에는 다양한 크기의 스노모빌 여러 대가 있었다. 위성 통신 시스템이 망가졌기 때문에 수동으로 움직이는 기종을 찾아야 했다.

언니는 두리번거리며 4인용 파란색 스노모빌로 다가갔다.

"바이러스가 퍼지기 직전에 이걸 타고 옥사나 박사님과 설원을 달렸는데, 그게 마지막이 되지는 않겠지?"

목소리가 살짝 떨렸다. 나는 언니의 손을 꼭 잡았다.

"당연히 아니죠. 반드시 치료제를 구할 테니까요. 옥

사나 박사님은 우리에게도 아주 중요한 사람인걸요."

"그래, 지금은 쓸데없는 감상에 젖을 때가 아니지. 빨리 출발하자."

언니는 약한 모습을 보인 게 쑥스러웠는지 얼른 운전석에 앉았다. 은실이를 안은 리호와 나도 뒷좌석에 올라탔다.

"꽉 잡아! 나 꽤 거칠게 운전하거든."

언니 말에 대답하기도 전에 스노모빌이 먼저 튀어 나갔다. 언니가 엄청난 속도로 스노모빌을 몰았다. 마음이 급해서기도 하지만 왠지 스피드를 즐기는 것도 같았다. 비슷한 누군가가 생각날 듯 말 듯 했다. 그때 리호가 하늘을 올려다보며 소리쳤다.

"어, 눈이 와요!"

"큰일이네. 눈이 금방 그칠 것 같지 같은데. 바람도 심상치 않고. 아무래도 눈 폭풍이 몰려오려나 보다."

언니의 말처럼 눈이 퍼붓기 시작했다. 바람까지 세차게 불어오니 눈이 사방으로 흩날렸다. 멀리 보이던 빙벽과 바위가 눈에 가려졌다. 마스크와 고글을 쓰고 있는데도 눈바람이 칼날처럼 얼굴을 스쳤다. 숨쉬기가 힘들 정도였다.

눈 폭풍은 점점 심해져서 모든 걸 쓸어 버릴 것 같았다. 바람이 거세게 휘몰아치자 스노모빌도 더 이상 속도를 내지 못했다. 크슈샤 언니가 우리를 돌아보며 뭐라고 소리쳤지만 울부짖는 듯한 눈 폭풍 소리에 묻혀 들리지 않았다.

언니가 오른쪽 절벽을 가리키더니 스노모빌의 방향을 틀었다. 절벽 아래가 움푹 들어가 있어서 몸을 피할 수 있을 듯했다.

우리는 스노모빌에서 내려 절벽 밑으로 들어갔다. 그나마 바람을 정통으로 맞지 않아서 훨씬 나았다.

리호가 메고 있던 나눅의 배낭에서 원터치 텐트를 꺼냈다.

텐트로 들어가자 뺨을 할퀴는 매서운 북극 바람을 막을 수 있었다. 크슈샤 언니가 배낭에서 따뜻한 스프가 든 보온병과 빵을 꺼내어 우리에게 나눠 주었다. 은실이에게는 스프 속 고기를 건져서 물에 헹군 뒤 잘게 잘라 주었다.

"이거 내가 직접 만든 보르시라는 스프야. 러시아의

국민 음식이지."

빵을 조금 잘라 스프에 찍어서 입에 넣었다. 부드러운 빵은 고소했고, 붉은색 스프는 새콤달콤했다. 너무 맛있어서 눈물이 날 지경이었다. 꽁꽁 얼었던 몸도 사르르 녹아내렸다.

"와! 정말 맛있어요."

"누나, 과장 아니고 정말 이 세상에서 먹어 본 어떤 음식보다 맛있어요. 최고예요, 최고!"

리호와 내가 동시에 외쳤다. 언니가 부드럽게 웃었다.

"내가 만든 보르시를 옥사나 박사님도 정말 좋아하셨는데……."

은실이가 눈가가 촉촉해진 크슈샤 언니에게 다가가 뺨을 비볐다. 낯선 사람에게는 애정 표현을 하지 않는데 맛있는 음식이 고마웠나 보다. 은실이 때문인지 언니가 더 친근하게 느껴졌다.

나는 언니의 푸른 눈동자를 바라보며 물었다.

"박사님과 진짜 친하셨나 봐요?"

언니는 고개를 끄덕였다.

"사실 친구라기보다는 엄마 같으셨지. 나랑 비슷한

또래의 딸이 있다면서 워낙 잘 챙겨 주셨거든. 우리 엄
마는 내가 북극 기지의 조리사가 되는 걸 반대하셨어.
내가 공부를 계속하기를 바라셨는데 싫다고 했지. 결국
크게 싸우고 집을 뛰쳐나오는 바람에 엄마랑 서먹해지
고 말았어. 그런 사정을 알게 된 박사님이 내 생일이며
크리스마스에 시간을 같이 보내 주셨고."

그때가 떠오른 듯 잠시 웃음 짓던 언니의 얼굴이 이내 어두워졌다.

"그런데 엔피웜 바이러스가 이렇게 전 세계에 퍼질 줄이야. 엄마한테 진작 연락해 볼 걸 그랬어. 엄마가 괜찮은지 확인할 방법도 없고……."

언니는 엄마 걱정에 뒷말을 잇지 못했다.

"누나, 우리가 치료제를 많이 구하면 돼요! 박사님한 테도 누나 엄마한테도 다 나눠 드리면 되잖아요."

리호가 씩씩하게 말하자 언니가 환하게 웃었다.

"그래, 그러자! 우리 엄마는 그렇게 쉽게 바이러스에 걸릴 사람이 아니야. 분명 건강하게 계실 거야."

크슈샤 언니의 당찬 성격은 왠지 언니의 엄마와 닮았 으리라는 생각이 들었다. 기운이 돌아왔는지 언니가 텐트 바깥을 내다보았다.

"눈 폭풍이 잦아들었네. 이제 출발할 수 있을 것 같아."

하지만 우리는 텐트 바깥으로 나오자마자 깜짝 놀라고 말았다. 그 짧은 시간에 풍경이 완전히 바뀌었기 때문이다. 수북이 쌓인 눈과 바람 때문에 지형이 완전히 달라져 있었다. 더군다나 권현욱 아저씨의 스노보드 자국까지 모두 눈에 덮여 버렸다.

나는 한숨을 내쉬었다.

"하아, 어쩌죠? 비밀 온실은 연구 기지를 중심으로 남 서쪽 30킬로미터 지점에 있다고 했는데. 이렇게 사방이 눈으로 둘러싸여 있으니 연구 기지가 어느 방향인지 전혀 모르겠어요."

모두가 멍하니 하얀 설원을 쳐다볼 뿐이었다. 황량한 눈의 왕국에 홀로 남겨진 기분이었다.

두두두두두. 갑자기 하늘에서 북 두드리는 듯한 소리가 났다. 고개를 들어 보니 날아가는 헬리콥터가 보였다. 그런데 헬리콥터는 한 대가 아니었다. 헬리콥터며 경비행기 서너 대가 달리기 대회라도 하듯 앞서거니 뒤서거니 하며 한곳으로 날아가고 있었다.

"모두 비밀 온실로 가고 있나 봐!"

리호의 말에 나도 고개를 끄덕였다.

"나눅이 개인 비행기를 가지고 있는 부자만 갈 수 있을 거라고 했던 말이 진짜인가 봐. 저런 수동 비행기와 조종사를 구하는 것도 쉽지 않았을 텐데."

어느새 크슈샤 언니가 배낭을 메고 스노모빌로 달려

갔다.

"부자는 아니지만 우리에겐 어디든 갈 수 있는 스노모빌이 있잖아. 어서 저 비행기들을 따라가자!"

나와 리호는 "네!" 하고 큰 소리로 대답하고 스노모빌에 올라탔다. 은실이도 "냥!" 하고 울며 내 무릎 위로 펄쩍 뛰어 올랐다. 우리를 태운 스노모빌이 전속력으로 눈밭을 내달리기 시작했다.

9
드러난 비밀 온실

언제 눈이 내렸냐는 듯 하늘이 맑아졌다. 파란 하늘에 비행기며 헬리콥터가 줄지어 나타났다. 늦게 가면 아프론타 열매가 다 없어질 것 같아 마음이 급해졌다.

크슈샤 언니도 나와 같은 마음인지 속도를 올렸다. 휙휙 귀를 스치는 바람 소리가 점점 커졌다. 한 손으로 손잡이를, 다른 한 손으로는 은실이를 꼭 껴안았다.

그 순간 은실이가 고개를 들더니 큰 소리로 울었다.

"캬아앙!"

저 앞에 커다란 웅덩이가 있었다. 크슈샤 언니는 비행기를 쫓느라 보지 못한 것 같았다.

"언니, 멈춰요! 앞에 웅덩이가 있어요!"

언니가 급하게 브레이크를 당겼다. 스노모빌 속도가 확 줄어드는 바람에 튕겨 나갈 정도로 몸이 앞으로 쏠렸다.

"조심해!"

"으악!"

크슈샤 언니와 리호의 비명이 울려 퍼졌다. 스노모빌은 한참 더 미끄러지다가 간신히 멈춰 섰다. 겨우 정신을 차리고, 손잡이를 꽉 잡느라 얼얼해진 손을 풀며 스노모빌에서 내렸다.

우리가 정신을 가다듬는 사이 벌써 웅덩이를 살펴보던 크슈샤 언니가 설명했다.

"눈이 녹은 물과 흙이 뒤섞여 웅덩이가 된 거야."

예상보다 더 큰 웅덩이에 입이 다물어지지 않았다. 조금만 늦었더라면 저곳에 처박히고 말았을 것이다. 온몸에 소름이 돋았다.

급정지한 탓에 뻐근해진 허리를 주무르며 리호가 다가왔다.

"우앗! 이게 뭐야? 나눅이랑 마을에 갈 때도 이런 진흙 구덩이에 빠졌잖아. 왜 여기에도 이런 게 있지?"

쪼그리고 앉아 웅덩이를 자세히 보던 언니가 고개를 갸웃거렸다.

"왜요? 뭐가 이상해요?"

언니가 웅덩이에서 뽀글뽀글 솟아오르는 거품을 가리켰다. 작게는 손바닥만 한 것부터 크게는 어른 머리만 한 것도 있었다. 은실이가 말릴 새도 없이 앞발을 들어 거품을 푹 눌렀다. 거품이 젤리처럼 쑥 들어가더니 이내 퐁 터졌다. 은실이가 펄쩍 뛰며 뒤로 물러났다. 거품에서 정체를 알 수 없는 기체가 푸시식 소리를 내며 빠져나왔다.

"이거, 냄새도 색깔도 없는 거 보니까 메테인 같은데."

언니의 말에 놀라 되물었다.

"메테인이요?"

"응. 원래 북극의 영구 동토층에는 엄청난 양의 메테인이 꽁꽁 얼어 있는 상태로 저장돼 있어. 그런데 영구 동토층이 녹으니까 메테인이 거품 형태로 새어 나오는 것 같아. 정말 큰일이네. 메테인은 이산화탄소보다 온실 효과가 80배나 높아서 영구 동토층이 자꾸 녹다가는 지

구 온도가 다시 올라갈 수도 있는데."

메테인의 위험성은 나도 잘 알고 있다. 메테인 때문에 지구 온도가 올라가면 빙하가 녹고 해수면이 상승한다. 그뿐만 아니라 북극의 온도가 상승하면 폭풍과 가뭄, 홍수 같은 극단적인 기후 재앙도 점점 심해진다. 그 모든 일이 동시에 일어나면 지구에서 육지는 사라지고 말 것이다. 빨리 옥사나 박사를 구하지 않으면 내 손녀 메이가 살고 있는 미래가 그렇게 되고 만다.

리호가 언니의 과학 지식에 놀라 입을 딱 벌렸다.

"누나는 무슨 조리사가 과학 지식이 그렇게 뛰어나요? 연구 기지에서 조리사를 하려면 과학 시험도 봐야 해요?"

"후훗, 조리사야 요리 실력을 보고 뽑는 거지. 사실 어릴 때부터 우리 엄마에게 보고 들은 지식이 많아. 내가 어릴 때는 공부를 꽤 잘해서 엄마는 내가 자기처럼 과학자가 되기를 바라셨거든. 그런데 어느 순간부터 내가 과학을 좋아하는 건지, 엄마의 칭찬을 좋아하는 건지 모르겠더라고."

크슈샤 언니와 엄마의 사연은 오래된 일인 듯했다. 하

지만 내 생각에 언니는 과학에 진심인 것 같았다.

언니가 걱정스러운 눈으로 주변을 둘러보았다.

"그런데 이런 메테인 웅덩이가 한두 개가 아니네."

꼭 장애물을 설치하기라도 한 것처럼 크고 작은 메테인 웅덩이가 넓게 퍼져 있었다. 스노모빌로는 도저히 지나갈 수 없어 보였다.

"아무래도 이제부터는 걸어가야겠죠?"

내 말에 언니가 하늘을 보며 말했다.

"그래야지. 그래도 비행기가 고도를 낮추는 걸 보니 목적지가 멀지 않은 것 같아. 조금만 더 기운 내자."

스노모빌로 돌아간 언니가 옆에 벗어 둔 배낭을 집어 들었다. 그런데 배낭을 메던 언니가 갑자기 비틀거렸다.

리호가 얼른 다가가 언니를 부축했다.

"누나, 왜 그래요? 무거우면 내가 들까요?"

"아니야. 조금 어지러워서 그래. 기지에 있는 내내 잠도 못 자고 긴장해서 그런 것 같아. 곧 괜찮아지겠지."

그러고 보니 언니의 낯빛이 창백했다. 이마에 식은땀도 맺혀 있었다. 언니는 허옇게 말라서 부르튼 입술을 꽉 깨물며 다시 한번 앞장섰다. 걱정됐지만 지금은 서둘러야 했다.

우리는 메테인 웅덩이를 이리저리 피하며 한참을 걸었다. 그런데 크슈샤 언니가 갑자기 걸음을 멈추고는 무릎을 굽혀 작은 웅덩이 하나를 자세히 살폈다.

나는 언니 옆에 쪼그리고 앉아 물었다.

"언니, 왜요? 거기 뭐가 있어요?"

그러자 언니가 고개를 갸웃거렸다.

"여기만 흙이 초록색이야. 웅덩이도 작은 편이고. 무엇보다 메테인 거품이 몇 개 없잖아."

"초록색이라, 무슨 이끼 같은 게 자라는 걸까요?"

"이끼? 글쎄……. 이게 뭔지는 모르겠지만 영구 동토층에서 빠져나온 메테인을 흡수하는 게 아닐까 싶어."

크슈샤 언니가 주머니에서 작은 병을 꺼내 초록색 흙을 한 줌 떠 넣었다.

언니와 내가 웅덩이를 살펴보느라 뒤처지자 저만치 앞서가던 리호가 되돌아왔다.

"여기서 뭐 하는 거야? 저 비행기가 마지막인 것 같아. 놓치면 안 된다고. 서둘러야 해."

리호가 낮게 날고 있는 빨간색 경비행기를 가리켰다.

정말 그 뒤로는 비행기가 없었다. 마음이 급해진 우리는 다시 걸음을 재촉했다.

웅덩이 지대를 지나자 평평한 땅이 나타났다. 눈은 다 녹아서 흔적도 없었다. 심지어 푸릇푸릇한 잡초와 이름 모를 키 작은 붉은 꽃이 바람에 흔들렸다.

은실이가 갑자기 그 꽃 사이로 펄쩍 뛰어들었다. 그러자 회색 쥐 한 마리가 쪼르르 도망쳤다.

"웬 쥐야? 여기 북극 맞아?"

내가 중얼거리자, 크슈샤 언니도 의아해하며 말했다.

"쟤는 여름에 주로 활동하는 레밍이라는 쥐고, 북극에도 여름에는 들꽃이 피긴 해. 하지만 지금은 한겨울인데."

언니의 말에 나도 생각이 많아졌다.

'한겨울의 북극을 여름처럼 바꿔 놓은 건 뭘까?'

그때였다. 어디선가 슈우웅 하는 소리가 들려왔다. 고개를 들어 보니 낮게 날던 빨간색 경비행기가 비틀거리며 곤두박질치고 있었다.

"어어, 저러다 땅에 떨어지겠어."

리호가 소리치기 무섭게 경비행기가 추락하고 말았

다. 콰앙, 꾕음과 함께 흰 연기가 피어올랐다. 우리는 동시에 비행기가 떨어진 곳으로 달려갔다.

추락한 비행기 주변은 엉망이었다. 안에 있는 사람을 빨리 구조해야 한다는 생각에 비행기 문을 힘껏 잡아당겼다. 세 명이 다 달라붙어 가까스로 문을 열었다. 워낙 낮게 날고 있던 터라 크게 부서지지는 않은 게 그나마 다행이었다.

"괜찮으세요? 빨리 밖으로 나오셔야 해요. 언제 비행기가 폭발할지 몰라요."

다급하게 외쳤지만, 조종석과 뒷좌석에 앉은 사람들은 꼼짝하지 않았다.

'어떡해. 사람들이 크게 다쳤나 봐.'

걱정하는 마음으로 목을 쭉 빼고 안을 들여다보았다.

"헉! 감염자야!"

너무 놀라서 엉덩방아를 찧고 말았다. 리호가 나를 일으키는 사이, 언니가 서둘러 비행기 문을 닫았다.

"감염된 상태에서 치료제를 찾으려고 왔나 봐. 딱하게도 병이 너무 빨리 진행돼서 비행기를 조종할 수 없었던 것 같아."

비행기에 탄 탑승객은 모두 엔피윔 바이러스 4기가 지난 듯 새까맣게 변해 있었다.

'좀비가 되는 것도 모자라, 손도 쓰지 못하고 꼼짝없이 죽을 수밖에 없다니.'

이런 참혹한 일이 지금 전 세계에 수없이 일어나고 있다. 대체 그 많은 사람을 고통에 몰아넣으면서까지 소장과 아저씨가 바이러스를 깨운 이유가 뭘까? 단순히 옥사나 박사를 노린 것이라고 하기에는 너무나 처참했다. 그들이 정말 미웠다.

리호가 한동안 멍하니 서 있는 내 어깨를 토닥였다.

"서림아, 안타깝지만 빨리 가야만 해. 아무래도 저 앞에 있는 건물이 비밀 온실인 것 같아."

리호 말에 겨우 정신을 차리고 고개를 들었다. 헬리콥터와 경비행기가 앞다투어 착륙하는 곳에 거대한 유리온실이 햇빛에 반짝이고 있었다.

사람들은 조금이라도 빨리 온실로 들어가기 위해 정신없이 내달렸다. 추락한 비행기가 걱정돼서 살피러 오는 사람은 아무도 없었다. 그만큼 치료제가 절박한 상황이라는 걸 알면서도 마음이 무거웠다.

"잠깐만!"

크슈샤 언니가 달려 나가려는 리호를 붙잡았다. 언니는 망설이다가 마침내 결심한 듯 입을 열었다.

"겨우 비밀 온실을 찾아오긴 했지만, 들어가기 쉽지 않을 거야."

"그건 그렇죠. 10만 에크인가를 가져오라고 했으니까요. 하지만 우리는 그런 큰돈이 없으니 어디 개구멍이라도 찾아야……."

리호의 말에 나는 고개를 저었다.

"저런 최신식 스마트 온실에 그런 게 있을 리가 없어. 게다가 얼핏 봤는데도 이미 경비 로봇이 쫙 깔린 것 같은데."

"그래, 서림이 말이 맞아. 온실에 들어갈 수 있는 더 확실한 방법을 찾아야 해. 그래서 말인데……."

언니가 추락한 비행기를 돌아보며 말했다.

"저 비행기 안에 있는 물건들, 이제는 쓸모없어졌을 테니 우리가 사용해도 되지 않을까?"

언니의 마음은 이해하지만 찬성할 수 없었다. 하지만 더 망설이기에는 상황이 너무 급박했다. 옥사나 박사를 살리고, 미래를 구해야만 하니까.

우리는 비행기에서 가방 여러 개를 가져왔다. 리호가 값비싼 옷과 장신구를 보며 말했다.

"현욱 아저씨가 우리 얼굴을 다 알고 있잖아요. 이왕 이렇게 된 거 변장하고 들어가면 어때요?"

리호의 의견대로 각자 옷과 장신구를 꺼내 걸쳤다. 그러고 나니 정말 다른 사람처럼 보였다. 은실이의 목에도 에메랄드빛 눈동자와 같은 색의 보석 목걸이를 둘러주었다. 조리사 유니폼 대신 비싼 코트를 걸친 크슈샤 언니도 완전 딴사람 같았다.

"자, 이제 얼른 출발할까?"

크슈샤 언니를 따라 리호와 나도 서둘러 움직였다.

바이러스가 목숨을 위협하는 불안한 상황에도 최고급 옷을 차려입은 사람들이 거대한 유리온실 앞에 줄지어 있었다.

팔각형 모양의 거대한 유리온실은 천장이 뾰족했다. 북극 한가운데 유리온실이라니, 정말 뜻밖이었다. 무슨 생각으로 이곳에 온실을 지었는지 모를 일이었다.

유리온실을 둘러보는 동안 점점 줄이 줄어들었고, 마

침내 우리 차례가 되었다. 온실 입구 쪽에 전 세계에 디지털 전단지를 실어 보냈던 드론이 크기별로 쌓여 있었다. 하지만 우리의 눈을 사로잡은 건 드론이 아니었다.

"우아! 저게 다 아프론타 나무야?"

리호가 감탄했다. 사람들의 시선이 온통 아프론타 나무로 향했다. 높이는 2미터에서 3미터 정도밖에 되지 않지만, 둘레는 어른 두 명이 팔을 벌려 감싸안아도 닿지 않을 정도로 상당했다. 넓적하고 푸른 잎사귀가 잔뜩 자라난 나무에는 아기 주먹만 한 노란 열매가 달려 있었다. 그게 바로 엔피웜 바이러스의 유일한 치료제인 아프론타 열매였다. 그러나 그 수는 한 나무에 겨우 열 개 정도였다.

사람들이 수군거렸다.

"애개개. 열매가 겨우 저거밖에 없어?"

"그럴 리가. 어딘가 잔뜩 수확해서 숨겨 놨겠지."

하지만 내가 놀란 이유는 나무를 키우기 위해 온실 천장에 설치한 난방 시스템 때문이었다. 그건 태양광 패널도 바이오매스 에너지도 아니었다. 복잡한 관이 얽혀 있는 거대한 천장의 중심에는 초록색으로 빛나는 광물

이 들어 있었다.

"맙소사, 저건 코스모나이트잖아!"

그제야 북극 한가운데 온실을 만든 이유를 알 수 있었다. 온실 주변의 드넓은 영구 동토층이 녹아내리고, 한겨울 날씨에 풀과 들꽃이 자란 것도 바로 저 코스모나이트 때문이었다. 코스모나이트의 엄청난 에너지로 무더운 아마존에서나 자라는 아프론타 열매를 북극에서 키워 낸 것이다. 권현욱 아저씨가 개발했다는, 빙하를 빠르게 녹이는 장치가 어떻게 만들어졌는지도 알 것 같았다.

'살인 가스를 내뿜는 나비처럼 코스모나이트가 바이러스의 유전자도 변형시켰겠지. 그게 사람과 동물을 좀비로 만든 것이 분명해.'

그렇게 생각하니 온몸에 소름이 돋았다. 아저씨와 소장이 그것까지 계획했는지는 알 수 없으나 그들 때문에 벌어진 일이라는 것은 틀림없었다.

바로 그때 아프론타 나무 앞에서 네모난 무대가 솟아올랐다. 곧 화려한 조명이 무대로 쏟아졌다. 그 가운데 반투명한 페이스 마스크로 얼굴을 가린 사람이 서 있었다. 디지털 전단지에서 보았던 마스크 맨이었다.

　사람들의 시선이 쏠리자 그가 마스크를 벗어 던졌다.

역시 권현욱 아저씨였다.

10

사라져 버린 아프론타 열매

    권현욱 아저씨는 연구 기지에서 보았던 모습과 완전
히 달라져 있었다. 눈을 가릴 정도로 덥수룩한 앞머리
를 깔끔하게 빗어 넘기고 흰 가운 대신 고급 양복을 차
려입었다. 마치 성공한 사업가 같은 모습이었다.

    나는 혹시나 싶어 주위를 살폈지만 나눅은 보이지 않
았다.

    '벌써 열매를 얻어서 집으로 돌아갔나? 그런 거라면
다행인데…….'

    높은 무대 위에 서 있는 아저씨가 사람들을 내려다보
았다. 행여 우리를 알아볼까 봐 거북이처럼 목을 움츠

리고 사람들 틈으로 몸을 숨겼다. 아저씨가 몰려든 사람들을 보고 만족스러운 미소를 지었다. 우리를 보지 못한 것 같았다.

아저씨는 자신만만한 목소리로 연설을 시작했다.

"지금 전 세계는 엔피웜 바이러스로 쑥대밭이 됐고, 많은 사람이 목숨을 잃었습니다. 하지만 여기 오신 분들은 다릅니다. 멸종된 것으로 알려진 유일한 치료제 아프론타 열매를 얻을 특별한 기회가 주어졌으니까요."

사람들이 환호성을 질렀다. 그 모습을 지켜보던 한 중년 남자가 손을 들고 질문했다.

"저게 진짜 아프론타 열매 맞습니까? 멸종한 나무를 어떻게 되살린 거죠?"

날카로운 질문이었지만 권현욱 아저씨는 당황하지 않았다.

'설마 미래에서 온 소장에 대해 이야기하려는 건가?'

하지만 예상을 빗나간 대답이 돌아왔다.

"30년 전에 멸종한 아프론타 나무를 되살릴 수 있던 이유는 2115년에 팬데믹이 닥칠 것을 예언하고 미리 준비한 분이 있었기 때문입니다. 그분이 제게 아프론타

나무 씨앗을 찾는 방법을 알려 주셨습니다. 바로 이 지도를 통해서죠."

권현욱 아저씨가 품에서 돌돌 말린 낡은 지도 하나를 꺼냈다. 그걸 펼치자마자 준비된 홀로그램 영상이 나타났다. 오래된 동굴의 모습이었다. 동굴 벽에는 고대인이 그린 것 같은 벽화가 희미하게 남아 있었다.

'지도는 뭐고 예언은 또 무슨 소리야? 저 그림이 아프론타 열매랑 무슨 상관이 있다는 거지?'

내 품에 안겨 있던 은실이가 갑자기 고개를 들었다. 그러고는 영상을 향해 '나아' 하고 긴 울음소리를 냈다.

"은실아, 왜 그래?"

은실이의 시선이 향한 곳을 유심히 바라보았다. 누워 있는 사람과 작은 알을 들고 있는 사람이 그려진 낯익은 벽화였다.

"어? 저 그림은 박물관에 있던 거잖아."

박물관에서도 은실이가 저 벽화에 반응했던 것이 생각났다. 동시에 그 앞에 놓인 유리관이 텅 비어 있던 것도 떠올랐다.

'설마 현욱 아저씨가 그 지도를 훔친 걸까? 대체 왜?'

나는 이유를 알아내기 위해 아저씨의 연설에 귀를 기울였다.

"이것은 아주 먼 옛날 북극 지역에 살았던 고대인이 남긴 벽화입니다. 시간이 흘러 희미해졌지만 최신 기술로 복원해 보았습니다."

선명해진 그림을 본 사람들 입에서 감탄사가 흘러나왔다.

벽화에서 특정한 부분을 확대한 영상이 재생되었다. 누워 있는 환자 앞에서 슬퍼하는 사람들이 그려져 있었다. 환자 얼굴에 있는 붉은 반점까지 또렷했다. 누가 봐도 엔피웜 바이러스 초기 증상과 똑같았다.

다음 벽화에는 길고 하얀 수염이 난 할아버지가 나무에서 노란 열매를 따는 그림이었다. 박물관에서 봤을 때는 작은 알을 들고 있는 남자인 줄 알았는데 이제 보니 열매를 수확하는 할아버지였다.

이어서 열매를 먹고 살아난 환자와 기뻐하는 사람들이, 마지막 벽화에는 씨앗이 담긴 항아리와 지도가 차례로 그려져 있었다.

현욱 아저씨가 벽화를 가리키며 말을 이었다.

"엔피웜 바이러스는 고대에도 수많은 사람의 목숨을 빼앗았던 무시무시한 바이러스였습니다. 고대인들은 아프론타 나무 열매가 치료제라는 걸 발견하고는 이 씨 앗을 항아리에 담아 동굴 깊숙이 숨겼습니다. 후손에게 남기기 위해서였죠. 그리고 그 위치를 지도에 표시해 두었습니다."

아저씨가 지도를 다시 한번 흔들었다.

"저는 이 지도로 고대인이 남긴 항아리 속에서 아프론타 씨앗을 찾아냈습니다. 그리고 팬데믹을 대비해서 1년 전부터 비밀 온실에서 나무를 키웠던 거죠. 이 모든 것을 예언하고 대비한 그분을 여러분께 소개합니다."

권현욱 아저씨의 말이 끝나자 홀로그램 영상에 소장이 나타났다. 미리 영상을 준비해 둔 것인지, 아니면 다른 시간대에서 접속한 것인지는 알 수 없었다. 지금 이곳에 소장은 없는 모양이었다.

내 눈길을 끈 것은 영상에 나타난 소장의 얼굴 반쪽이 기계가 아니라는 점이었다. 2085년에 래아 이모와 내 앞에서 사라졌던 온전한 모습 그대로였다.

어떻게 된 일인지 어리둥절해하는 사이, 소장은 온화

한 미소를 지으며 말을 시작했다.

"지금 벌어지는 팬데믹은 이미 세계에 종말이 시작됐다는 신호입니다."

소장은 타임머신을 타고 미래에서 왔기 때문에 앞으로 벌어질 일을 다 알고 있었다. 그래서 이미 벌어진 일을 예언처럼 속이는 것뿐이었다. 그러나 이 사실을 모르는 사람들에게 소장은 예언자이자 구세주처럼 보이는 듯했다. 언제 죽을지 모른다는 공포심에 이성을 잃은 것 같았다.

소장을 믿지 말라고, 이 바이러스를 퍼뜨린 것이 그의 짓이라고 소리치고 싶었다. 하지만 나 역시도 아프론타 열매가 간절히 필요했다. 화가 치밀었지만 참을 수밖에 없었다. 리호도 내 옆에서 주먹을 부들거렸다. 크슈샤 언니도 비슷한 마음일 것이다.

그런데 언니가 이상했다. 따뜻한 온실 안에 들어왔는데도 여전히 몸을 덜덜 떨고 있었다.

"언니, 괜찮아요?"

언니는 꽉 잠긴 목소리로 "응." 하고 짧게 답하고는 다시 영상으로 고개를 돌렸다. 언니는 얼굴이 붉게 달아

올라 식은땀을 흘리고 있었다. 왠지 불길한 예감이 들었다.

다시 언니를 부르려는 순간 나는 그대로 얼어붙고 말았다.

"저, 저게 왜 여기에?"

내 기억 속에만 남아 있는 뉴클린시티의 모습이 홀로그램 영상으로 재생되고 있었다. 어느새 소장의 얼굴에서 미소가 걷히고 섬뜩한 눈빛이 번뜩였다.

"이것이 제가 계획하는 새로운 도시입니다. 여러분이

아프론타 열매와 바꿀 돈으로 어떤 바이러스도 전염병도 없는 깨끗한 도시를 만들 겁니다. 선택받은 사람만이 갈 수 있는 최고의 파라다이스, 바로 뉴클린시티입니다. 이 특별한 도시의 시민이 될 여러분을 환영합니다."

사람들이 홀린 듯이 박수를 쳤다. 살았다는 안도감과 뉴클린시티에 대한 희망으로 들뜬 얼굴이었다.

나는 풍차 마을에서의 어두운 기억이 떠올라 흠칫 몸을 떨었다. 뉴클린시티에 대한 미련을 아직도 버리지 못한 소장이 너무 무서웠다. 하지만 그보다 더 무서운 건 다른 사람이야 죽든 말든, 자기 걱정만 하는 사람들이었다. 그들이 존재하는 한 소장의 욕심도 사라지지 않을 것이다.

홀로그램 영상이 꺼지자 무대 위에 홀로 남은 아저씨가 뒤쪽에 있는 아프론타 나무를 가리키며 입을 열었다.

"하지만 안타까운 소식이 있습니다. 보시다시피 아프론타 열매는 여기 계신 모든 분이 다 가져갈 만큼 충분하지 않습니다. 그래서 지금부터 높은 가격을 부르는 순서대로 열매를 드리도록 하죠."

아저씨의 충격적인 제안에 등골이 오싹했다. 사람들

은 말도 안 된다며 화내고 소리쳤다. 하지만 곧 누군가 돈다발을 흔들며 거액을 부르자 너 나 할 것 없이 앞다 퉈 경매에 뛰어들었다. 다들 자기가 더 부자라고, 더 유 명한 사람이라고 소리 높여 외쳤다.

리호가 주머니에 넣어 둔 돈을 만지작거리며 물었다.

"어떻게 하지? 우리도 참여해야 하나?"

하지만 이미 아프론타 열매의 값은 10만 에크를 훌쩍 넘겨 버렸다. 그렇게 큰돈이 우리에게 있을 리도 없지 만, 있다고 해도 다른 사람을 짓밟고 나만 살고 싶지는 않았다.

그렇다고 손 놓고 가만있을 수는 없었다. 우리에게는 옥사나 박사를 살려야 하는 중요한 임무가 있었다. 어 떻게든 아프론타 열매를 손에 넣어야 한다. 나는 방법 을 찾기 위해 온실을 두리번거렸다.

그런데 그때 내 품에 안겨 있던 은실이가 거친 울음소 리를 내며 온실 정문을 노려보았다. 유리 너머로 시커 먼 그림자가 몰려오는 게 보였다. 그림자는 점점 커지 며 몸집을 불렸다. 불길함에 머리끝이 쭈뼛 솟았다.

나는 리호와 크슈샤 언니를 부르며 떨리는 손으로 문

을 가리켰다.

리호가 소스라치게 놀랐다.

"저게 뭐야?"

사람들이 경매에 정신 팔려 있는 동안 검은 그림자는 한 덩어리가 되어 유리온실 문에 들러붙었다. 그림자가 커질수록 문이 거세게 흔들렸다. 엄청난 힘을 견디지 못한 온실 문에서 빠지직 하고 금 가는 소리가 울려 퍼졌다. 놀란 사람들이 그제야 문을 돌아보았다. 바로 그 순간, 온실 문이 와장창 깨지고 말았다.

얼음처럼 차가운 북극 바람과 함께 기이하게 온몸을 꺾으며 다가오는 좀비 떼가 들이닥쳤다. 수십 명의 감염자가 침을 줄줄 흘리며 온실로 뛰어들었다. 그뿐만이 아니었다. 바이러스에 걸려 좀비로 변한 늑대와 북극곰, 심지어 쥐 떼까지 온실로 몰려들었다.

사람들의 겁에 질린 비명이 뒤엉켰다.

"꺄아악!"

"좀비다! 좀비가 따라왔어."

"으허헉. 살려 줘! 여기까지 와서 죽고 싶지 않아."

당황한 권현욱 아저씨가 경비 로봇을 향해 감염자를

막으라고 지시했다.

사람들의 눈을 피해 북극에 비밀 온실을 지었지만, 따뜻한 온실의 존재가 감염자를 불러들일 거라고는 생각하지 못한 듯했다.

"서림아, 우리도 피해야 해! 누나도 빨리요!"

리호가 내 팔을 잡아끌었다. 무작정 달렸지만 온실 문이 가로막힌 상황이라 도망칠 곳도 없었다. 몸을 숨길 곳도 마땅치 않았다.

곧 누군가 끔찍한 비명을 지르며 쓰러졌다. 경비 로봇이 미처 막지 못한 좀비 늑대에게 공격당한 것이다. 붉은 피가 바닥에 흐르자 사람들은 극심한 공포에 휩싸였다. 몇몇 사람은 권현욱 아저씨가 서 있는 무대 위로 기어 올라갔다. 하지만 대부분의 사람은 우리처럼 피할 곳을 찾지 못했다.

그때 누군가가 아프론타 나무로 뛰어가며 소리쳤다.

"아프론타 열매를 먹어야 해! 지금 당장."

그 소리에 다른 사람들도 아프론타 나무로 우르르 달려들었다. 좀비가 된 감염자와 동물을 막느라 나무 앞을 지키는 경비 로봇은 하나도 없었다.

사람들은 열매를 얻기 위해 서로 밀치고 때렸다. 나무 부러지는 소리도 들려왔다. 질서는 완전히 무너졌고 사람들은 서로 뒤엉켜 아수라장이었다.

좀비의 공격보다 사람들이 싸우는 모습이 더 참혹했다. 머리로는 저 틈에 끼어야 열매를 구할 수 있다는 걸 알았지만, 도저히 몸이 움직이지 않았다.

"서림아, 물러서!"

리호가 얼어붙은 나를 옆으로 밀쳤다. 거무죽죽한 피부에 희뿌연 눈동자를 희번덕거리는 감염자가 나를 공격하기 직전이었다. 내가 비틀거리자 리호가 티타늄 검으로 감염자의 어깨를 내리쳤다. 하지만 고통을 느끼지 못하는 감염자의 공격은 그칠 줄을 몰랐다.

리호 덕분에 가까스로 위기를 피했지만 한숨 돌릴 틈도 없었다. 경비 로봇을 뚫고 온실로 들어온 감염자와 좀비 동물이 점점 많아졌다. 피범벅이 된 얼굴로 발을 질질 끄는 또 다른 감염자가 나를 잡으려 했다. 그리고 피가 뚝뚝 흐르는 이빨로 내 목을 노렸다.

부러진 나뭇가지를 주워 휘두르려는 찰나 감염자의 옷에 그려진 귀여운 곰돌이가 눈에 들어왔다. 어린 감염자인 듯했다. 나는 차마 나뭇가지를 휘두르지 못하고 망설였다.

"캬앙!"

등 뒤에서 날카로운 비명이 울렸다. 돌아보니 은실이가 나에게 달려들던 좀비 쥐를 막고 있었다. 감염자나 큰 동물과 달리 작은 동물은 잘 보이지 않아 더 위험했다. 은실이가 아니었다면 좀비 쥐에게 물려 감염되었을지도 모른다.

리호와 은실이에게 도움만 받고 있을 수는 없었다. 나도 얼른 나뭇가지를 단단히 고쳐 잡았다. 그러고는 다가오는 감염자의 다리를 힘껏 내려쳤다. 감염자가 비틀거리며 넘어지는 걸 보고서야 은실이에게 달려갔다.

"은실아, 조심해!"

은실이는 이미 쥐 서너 마리를 상대하고 있었다. 좀비로 변한 쥐들은 고양이를 보고도 도망가기는커녕 오히려 달려들었다. 나는 온 힘을 다해 나뭇가지를 휘둘렀다. 은실이도 펄쩍펄쩍 뛰어오르며 앞발로 쥐들을 쓰러뜨렸다. 하지만 좀비 쥐는 끝도 없이 밀려들었다.

"헉, 헉, 헉."

나는 허리에 손을 얹고 거친 숨을 토해 냈다. 그 순간, 덩치 큰 쥐 한 마리가 거뭇한 앞니를 드러내고 내게 달려들었다. 쥐는 그대로 내 목덜미로 뛰어올랐다.

"아악!"

내 비명에 리호가 돌아보았지만 거리가 너무 멀었다. 이제 진짜 끝인 건가, 생각하는데 내게 달려들던 쥐가 바닥에 나동그라졌다. 은실이가 제 몸을 날려 쥐를 막아 준 것이다. 내가 숨을 돌리는 사이 은실이에게 깔려 버둥거리던 쥐가 순식간에 은실이의 앞다리를 물었다.

나는 눈앞이 캄캄해져서 비명을 지르며 은실이에게 달려갔다.

"은실아, 안 돼!"

때마침 도착한 리호가 검을 휘둘러 쥐들을 쫓아냈다. 하지만 은실이의 앞다리에서는 이미 피가 뚝뚝 떨어지고 있었다. 나를 구하려다가 은실이마저 바이러스에 감염되고 만 것이다. 나는 다친 은실이를 안고 울음을 터뜨렸다.

"은실아, 어떡해! 흑, 우리 은실이……."

새하얘진 머릿속에 떠오른 방법은 단 하나뿐이었다.

“아프론타 열매! 은실이에게 빨리 열매를 먹여야 해!”

나는 벌떡 일어나 아프론타 나무를 향해 달렸다. 리호

가 검을 휘두르며 여기저기서 달려드는 감염자와 발밑

을 노리는 좀비 쥐를 막아 주었다. 하지만 아무리 살펴 봐도 나무에 남아 있는 열매는 없었다. 다리에 힘이 빠져 자리에 주저앉았다.

눈물이 솟구쳐 앞이 흐려지려는 찰나, 노란 열매 하나가 보였다. 구석의 키 작은 나무에 달려 있어서 사람들이 보지 못한 모양이었다. 얼른 눈물을 닦고 나무로 달려갔다. 손을 뻗어 열매를 따려는 순간, 누군가가 내 열매를 낚아챘다. 뒤돌아보니 화려하게 차려입은 아줌마였다.

"제가 먼저 봤어요. 돌려주세요."

울먹이며 실랑이를 벌이는 동안 다른 나무 아래에 있던 사람들이 아줌마의 손에 있는 열매를 보았다.

"저기 마지막 열매가 있다!"

빼앗으려는 사람과 빼앗기지 않으려는 사람의 치열한 몸싸움이 벌어졌다. 잠시 후 아줌마의 손에는 엉망진창 짓이겨진 열매만이 남아 있었다.

나는 다른 나무들을 바라보았다. 하지만 열매가 있는 곳이라면 상황은 어디든 마찬가지였다. 서로 열매를 차지하기 위해 싸우다가 나무를 부러뜨리고, 열매는 망가져 버렸다. 온전한 열매를 얻은 사람은 거의 없었다. 심장이 철렁 내려앉았다.

"어쩌지? 아프론타 열매가 모두 사라지고 말았어."

11
절망과 희망 사이

은실이와 함께 울고 웃던 수많은 시간이 주마등처럼 스쳤다. 그런데 내 소중한 친구 은실이가 나를 구하려다 바이러스에 걸리고 말았다. 유일한 치료제도 사라져 버렸다. 이대로 은실이를 영영 잃을지 모른다고 생각하니 눈물이 걷잡을 수 없이 흘러내렸다.

리호가 다가와 내 등을 토닥이며 말했다.

"일단 은실이 상처부터 치료하자."

리호가 배낭에서 붕대를 꺼내 은실이의 다리에 감았다. 은실이가 나를 위로하듯 뺨을 핥아 주었다. 죽을 위기에도 끝까지 나를 걱정하는 은실이의 마음이 느껴졌다. 그러자 가슴속에서 뜨거운 무언가가 치밀어 올랐다.

"절대 포기 안 해. 무슨 수를 써서라도 은실이를 꼭 살려 낼 거야."

나는 권현욱 아저씨가 어디에 있는지 둘러 보았다. 아저씨라면 숨겨 둔 치료제가 더 있을지도 모른다. 하지만 그 생각을 나만 할 리 없었다.

아프론타 열매를 얻지 못한 사람들이 아저씨를 빙 둘러싸고 열매를 내놓으라고 위협했다. 경비 로봇은 온실로 몰려드는 좀비 떼를 막느라 아저씨를 지키지 못했다.

성난 사람 중에는 금방이라도 쓰러질 것 같은 크슈샤 언니도 있었다. 언니에게도 지켜야 할 가족과 옥사나 박사가 있으니 그 마음을 알 것 같았다.

"서림아, 잠깐만. 저기 좀 봐!"

리호가 쓰러진 경비 로봇을 가리켰다. 시커먼 연기를 내뿜으며 넘어져 있는 로봇을 타넘은 좀비 늑대가 사람들이 모여 있는 곳으로 다가가고 있었다. 새빨간 피로 얼룩진 뾰족한 주둥이가 소름 끼치게 무서웠다. 어서 피해야 한다고 소리쳤지만 사람들의 성난 고함에 묻히고 말았다.

그러는 사이, 경비 로봇 하나가 더 망가졌다. 인간을 해칠 수 없도록 프로그래밍돼 있어서 감염자를 적극적으로 공격할 수 없기 때문이었다.

경비 로봇이 다 고장 나 버리면 감염자와 좀비 떼를 막을 길이 없었다. 자칫 이 온실에 있는 사람 모두 감염될지 모른다는 생각에 눈앞이 캄캄했다.

"감염자들을 온실 밖으로 몰아내야 해. 무슨 방법이 없을까?"

리호의 말을 듣자마자 솔라 히터로 감염자를 유인했던 기억이 떠올랐다. 이 온실에는 이미 무엇보다 강력한 난방 장치가 있었다. 바로 저 코스모나이트가 들어 있는 난방 시스템이었다.

'그래, 저걸로 좀비들을 밖으로 꾀어내는 거야.'

그렇게 생각하니 망설일 이유가 없었다.

다친 은실이를 나뭇가지 위에 올리고 무성한 잎으로 숨겨 놓은 다음 난방 시스템을 향해 뛰기 시작했다. 이유도 모르고 나를 따라 달리는 리호에게 외쳤다.

"리호야, 저거 떼 낼 수 있겠어?"

내가 천장에 달린 난방 시스템을 가리키자, 리호는 내

계획을 바로 알아차렸다.

"그럼, 문제없어!"

리호가 나를 앞지르더니 나무 위로 올라가기 시작했다. 그사이 나는 입구 한쪽에 쌓여 있는 드론을 집어 들었다. 여기에 코스모나이트가 들어 있는 투명한 상자를 매달아 멀리 날려 보낼 생각이었다.

리호가 나무 꼭대기까지 올라가 상자에 팔을 뻗었지만 아슬아슬하게 닿지 않았다. 그러는 중에도 좀비 떼는 계속해서 사람들을 둘러쌌다. 여기저기서 비명이 터져 나왔다.

"리호야, 서둘러야 해!"

"윽, 아무래도 다른 방법을 써야겠어."

천장을 쳐다보던 리호가 티타늄 검을 던져 상자에 연결된 관 사이에 꽂아 넣었다. 리호는 망설이지 않고 몸을 날려 검에 매달렸다. 조금만 삐끗해도 나무 아래로 추락할 것 같았다. 내 걱정에는 아랑곳없이 검에 매달린 리호가 있는 힘껏 몸을 앞뒤로 흔들었다.

리호를 발견한 권현욱 아저씨가 시뻘건 얼굴로 고래고래 소리 질렀다.

"뭐 하는 짓이야? 당장 그만두지 못해!"

내가 아저씨의 말을 맞받아쳤다.

"감염자는 따뜻한 걸 좋아한다고요. 저걸로 유인해야 해요."

사람들이 리호에게 달려가려는 아저씨를 막아섰다. 그 덕분에 리호는 계속 관을 흔들 수 있었다.

마침내 리호의 체중을 이기지 못한 상자가 툭 떨어졌다. 그러자 끊어진 관에서 뜨거운 수증기가 뿜어져 나왔다.

"안 돼! 내가 어떻게 만든 온실인데!"

나는 현욱 아저씨의 절규를 뒤로한 채 코스모나이트 상자를 끌어안고 바닥에 웅크려 있는 리호에게 달려갔다. 좀처럼 움직이지 못하는 리호 모습에 가슴이 철렁 내려앉았다.

"리호야, 괜찮아?"

리호가 가까스로 고개를 들고 몸을 일으키려 했지만 다시 주저앉고 말았다.

"발목을 접질린 것 같아. 어쩌지? 더는 달릴 수 없을 것 같은데."

리호는 다리가 많이 아픈지 미간을 잔뜩 찌푸렸다. 나
는 리호에게 손을 내밀었다.

"상자 이리 줘. 내가 해 볼게."

"정말 너 혼자 할 수 있겠어?"

"그럼. 너만큼 빨리 뛸 수는 없겠지만 할 수 있어. 아
니, 반드시 해낼 거야!"

나는 이를 앙다물고 리호에게 건네받은 상자를 들고
힘껏 달리기 시작했다. 코스모나이트 상자의 뜨거운 열
기가 온몸에 느껴졌다.

"여기, 여기야! 여기에 따뜻한 난로가 있다고!"

본능적으로 고온에 이끌린 감염자와 좀비 동물이 일
제히 고개를 돌렸다.

"우어어어. 우어어"

거무죽죽한 얼굴의 감염자들이 뻣뻣해진 팔을 휘적
거리며 나를 뒤쫓기 시작했다. 덩치 큰 북극곰도 날렵
한 늑대도 재빠른 쥐도 마찬가지였다. 탁한 눈동자로
침을 줄줄 흘리며 모두 내 뒤를 쫓았다. 너무 무서워서
상자를 내던지고 도망치고 싶었지만 마음을 다잡고 달
리는 데만 집중했다.

온실 밖으로 나오자마자 상자를 드론에 연결한 다음 최대한 먼 곳으로 좌표를 입력한 뒤 날려 보냈다. 감염자와 동물 좀비 떼가 홀린 듯이 드론을 따라가기 시작했다.

나는 바닥에 납작 엎드려 있다가 마지막 좀비 떼까지 사라진 것을 확인하고 나서야 몸을 일으켰다.

그때 비행기 몇 대가 급하게 이륙하는 것이 보였다. 아주 운 좋게 아프론타 열매를 손에 넣은 사람들이 아수라장이 된 이곳을 떠나고 있었다. 비행기는 남은 사람들은 상관없다는 듯 하늘 저편으로 사라졌다.

온실로 돌아와 보니 열매를 얻지 못한 사람들이 아저씨를 둘러싸고 있었다. 몇몇 사람은 다친 가족을 안고 울부짖었다.

나도 은실이를 품에 안고 아저씨에게 다가갔다. 아저씨가 내 얼굴을 가까이에서 보고는 귀신이라도 본 것처럼 소스라쳤다.

"네, 네가 어떻게 여기에!"

나는 당황하는 아저씨를 똑바로 바라보며 말했다.

"좀비 떼가 언제 다시 돌아올지 몰라요. 그러니 빨리

열매를 나눠 주세요."

다른 사람들도 어서 열매를 내놓으라고 성화였다. 아저씨가 아무 말도 못 하고 쩔쩔매자 화려한 금목걸이를 한 덩치 큰 남자가 나섰다.

"이것 봐! 사람들을 북극까지 불러 놓고 이게 무슨 짓이야? 열매가 별로 없다고 경매를 하지 않나. 좀비를 막을 안전 장치도 없고 말이야. 저 애들 아니었다면 어쩔 뻔했어. 새로운 파라다이스고 뭐고 빨리 열매나 내놔!"

흥분한 남자가 아저씨의 멱살을 쥐고 흔들었다. 아저씨는 얼굴이 시뻘게져 캑캑거렸다.

"정말 더는 없어요. 이미 나무도 전부 부러지고, 저 애들이 온실을 다 망가뜨리는 바람에 다시 키울 수도 없단 말입니다."

눈앞이 캄캄했다. 은실이와 수면 캡슐에 잠들어 있는 옥사나 박사의 얼굴이 차례로 떠올랐다.

'어렵게 시간 여행을 했는데 미래를 구하기는커녕 은실이가 죽을지도 몰라. 안 돼, 그럴 순 없어. 아니, 잠깐만! 과거를 바꾸면 미래도 바뀌는 거잖아. 그래, 씨앗을 가지고 돌아가면 돼. 씨앗만 있으면 아프론타 나무는

멸종하지 않을 테니까!'

온실에 있던 열매와 씨앗은 이미 사라졌다. 하지만 고대 동굴에서 찾았다는 씨앗은 남아 있을지도 모른다.

나는 눈을 부릅뜨고 현욱 아저씨를 향해 물었다.

"동굴에서 가져온 씨앗은요? 혹시 남은 게 있어요?"

"동굴? 아, 이 오래된 지도 말이냐? 이건 그냥 전설에 불과해. 사람들이 내 말을 믿게 만들려고 박물관에 있던 옛 지도를 이용한 것뿐이야."

"그럼 동굴에는 가 보지도 않았다는 거예요?"

"그래."

마지막 희망마저 산산이 부서져 버렸다. 다리에 힘이 쭉 빠졌다. 리호가 옆에서 비틀대는 나를 부축했다.

금목걸이 남자가 화가 나서 씩씩거렸다.

"동굴에서 씨앗을 가져온 게 아니라면 저 나무들은 어떻게 키운 거야? 저것도 다 가짜 아니야?"

분노에 찬 사람들이 마구 소리 지르기 시작했다. 지금 와서 미래에서 온 소장의 이야기를 해 봐야 사람들은 믿지 않을 것이다.

쩔쩔매던 아저씨가 갑자기 눈을 빛냈다. 아저씨는 흐

트러진 앞머리를 쓸어 올리며 말했다.

"항체가 있어요! 엔피웜 바이러스에 면역력을 가진 아이가 있다고요. 그 아이의 혈액을 감염된 사람에게 투여하면 바이러스에 면역이 생길 수 있어요. 일종의 혈장 치료죠."

혈장 치료는 병에 면역을 가진 사람의 혈액에서 항체를 추출하여 감염자에게 투여해 치료하는 방법이다. 그런데 치사율 99.9퍼센트에 달하는 엔피웜 바이러스에 자연 면역력을 가진 사람이 존재한다는 말인가?

사람들이 반신반의하는 표정을 짓자 아저씨가 무대 아랫부분에 있는 센서에 허둥지둥 손을 올렸다. 그러자 긴 직사각형의 빛이 생겨나더니 보이지 않던 문 하나가 드러났다.

잠시 후 문이 열리고 두 팔이 꽁꽁 묶인 나눅이 나타났다. 나눅의 얼굴은 온통 눈물로 얼룩져 있었다. 소리 내지 못하게 재갈까지 물린 채였다.

리호가 놀라 소리쳤다.

"맙소사! 치료제를 구해 집에 돌아간 게 아니었어?"

나눅만큼은 열매를 구해 엄마, 아빠를 치료하기를 바

랐는데 너무나 안타까웠다. 아저씨가 나눅을 가리키며 한쪽 입꼬리를 올렸다.

"바이오테크놀로지를 연구하는 최고의 과학자 옥사나 박사가 엔피웜 바이러스 감염자를 가려내기 위해 바이오 잠금장치를 만들었어요. 그 장치로 저 애가 바이러스에 걸렸지만 병이 진행되지 않았다는 걸 확인했죠.

저 아이의 혈액만 있으면 치료제를 만들 수 있어요."

그러니까 현욱 아저씨는 나눅에게 항체가 있다는 것을 알아채고 치료제를 주겠다는 거짓말로 꼬드겨 나눅을 데려간 것이다. 엄마, 아빠를 살리고 싶다는 나눅의 간절함을 철저하게 이용하다니, 정말 나쁜 사람이었다.

사람들이 웅성거리기 시작했다. 그러자 크슈샤 언니가 창백한 얼굴로 내게 다가왔다.

"저대로 두면 나눅이 위험해."

"왜요?"

"혈장 치료는 혈액 속에 있는 항체의 수가 가장 중요해. 만일 항체 농도가 높지 않다면 그만큼 많은 혈액을 뽑아야 하고, 그러면 나눅의 생명이 위험해질지 몰라."

언니가 힘없는 목소리로 덧붙였다.

"마지막까지 엔피원 바이러스 치료제를 연구하던 옥사나 박사님이 고민하던 문제가 바로 이거였거든."

그 말이 사실이라면 지금 당장 나눅을 구해야 했다. 죽음의 공포 앞에서 사람들이 나눅에게 무슨 짓을 할지 알 수 없었다. 사람들의 시선을 돌릴 방법을 빨리 생각해 내야 한다.

그때 내게 안겨 있던 은실이가 배낭끈을 잡아당겼다.

"왜? 여기에 뭐가 있어? 아, 맞다! 그게 있었지."

나는 리호의 귀에 계획을 속삭였다. 그러고는 크슈샤 언니의 손을 잡고 슬금슬금 뒤로 빠져나갔다. 배낭에서 물통을 꺼내 물을 바닥에 쏟아 버리고 미리 챙겨 두었던 칼륨 조각을 흥건한 물 위에 던졌다.

쾅! 쾅쾅! 보라색 불꽃과 함께 엄청난 폭발음이 들렸다. 화들짝 놀란 사람들이 우왕좌왕하는 사이, 리호가 나눅에게 다가가 묶여 있는 줄을 풀었다. 그런 후 나눅의 손을 잡고 달리기 시작했다. 나와 크슈샤 언니도 온실 밖으로 힘껏 도망쳤다.

잠시 후 정신을 차린 사람들이 우리를 뒤쫓아오기 시작했다.

"애가 달아났어. 저쪽이야, 저쪽!"

"잡아! 놓쳐서는 안 돼!"

뻣뻣하고 기이한 걸음걸이의 감염자에게 쫓길 때보다도 더 무서웠다. 심장이 터질 만큼 빠르게 달음박질쳤지만 사람들과의 거리는 점점 좁혀졌다. 발목을 삔 리호, 기운 없는 크슈샤 언니, 게다가 다친 은실이를 안

고 있는 나까지 모두 제대로 달릴 수 있는 상황이 아니
었다. 이대로라면 따라잡히는 건 시간문제였다.

그때 크슈샤 언니가 무언가를 가리키며 외쳤다.

"안 되겠어. 다들 저기에 올라타."

언니가 가리킨 건 회색 헬리콥터였다. 언니는 망설이
지 않고 헬기 문을 열어젖혔다. 급하게 오느라 그랬는
지 헬기 주인은 문을 잠그지도 못했나 보다.

리호가 헬기로 달려오면서 물었다.

"그런데 누가 헬기를 몰아요?"

"내가!"

크슈샤 언니가 비틀대면서도 헬기 조종석에 앉았다.

'어떻게 조리사 언니가 헬기까지 운전하는 거야?'

의아했지만 망설일 틈이 없었다. 우리가 뒷좌석에 앉
자마자 프로펠러가 돌아가더니 공중에 떠올랐다. 헬리
콥터는 곧 전속력으로 날아 빠르게 온실에서 멀어졌다.

얼마쯤 갔을까. 크슈샤 언니가 뒤를 돌아보며 물었다.

"그런데 어디로 가야 하지?"

아무도 대답하지 못했다. 마지막 목적지였던 비밀 온
실은 이미 망가졌고 사람들은 유일한 희망인 나눅을 추

격해 올 것이 뻔했다. 도대체 어디로 도망가야 할지, 어떻게 치료제를 구해야 할지 알 수 없었다. 게다가 이제 우리에겐 스무 시간도 채 남지 않았다.

내내 기운 없던 은실이가 끙끙거렸다. 은실이를 살펴보던 나는 덜컥 가슴이 내려앉았다. 은실이의 회색 털 아래에 생긴 붉은 반점 때문이었다.

리호가 은실이를 보더니 말했다.

"은실이가 많이 아픈가 봐. 덩치가 작아서 병이 더 빨리 진행되는 것 같아."

내가 울먹이자 고개를 푹 숙이고 있던 나눅이 작은 목소리로 말했다.

"저기, 사실 내가 아프론타 열매가 있는 곳을 아는 것 같아."

"뭐, 진짜야?"

"내가 너희를 배신했으니까 내 말을 못 믿을 수도 있겠지. 이해해. 확실한 것도 아니니까."

힘없이 말하는 나눅의 눈가가 붉었다. 눈물을 참는 듯 입술을 앙다물었다가 무언가 결심했는지 다시 입을 열었다.

"아무리 생각해 봐도 몇 달 전에 먹었던 열매가 아프론타 열매 같아. 그래서 나도 모르게 엔피웜 바이러스에 면역이 생긴 거고."

불현듯 박물관에서 보물 지도인 줄 알고 동굴을 찾아나섰다가 길을 잃었다던 나눅의 말이 떠올랐다.

"네가 구조됐다던 동굴이 바로 거기야?"

"그래, 맞아. 그때 동굴에서 발견한 나무 열매를 먹으면서 간신히 버텼거든. 그때는 그게 뭔지 몰랐어. 그런데 여기 끌려와서 온실의 나무를 보고서야 알았어. 그 열매가 바로 아프론타 열매였다는 걸."

믿을 수 없는 이야기였지만, 나눅의 표정은 더없이 진지했다.

"그 동굴이 어디인지 찾아갈 수 있겠어?"

내 다급한 물음에 나눅은 헬리콥터 창밖을 오랫동안 바라보았다.

"저기 해가 뜨는 방향에 고래처럼 생긴 바위가 있어. 분명 그곳에 동굴이 있었어."

크슈샤 언니가 동쪽으로 방향을 틀었다. 나는 죄인처럼 고개를 숙이고 있는 나눅의 손을 붙잡았다.

"나눅, 고마워. 네 덕분에 은실이도, 다른 사람들도 구할 수 있을 것 같아."

나눅은 입술을 떨더니 울음 섞인 목소리로 말했다.

"나야말로 고맙지. 그리고 정말 미안해. 내 생명을 구해 준 너희를 배신하고 말았어. 그런데 나를 또 구해 주다니……."

나눅이 울먹이자 리호가 장난스레 나눅의 어깨를 툭 건드렸다.

"우리에게 은혜를 두 번 갚겠다는 말이지? 그럴 필요 없어. 동굴에 가서 아프론타 열매만 찾으면 그 은혜 다 갚는 거야. 그러니까 다른 생각 하지 말고 길 찾는 일에만 집중해. 강한 북극곰 소년!"

리호의 미소에 기운을 차린 나눅이 힘주어 고개를 끄덕였다. 나눅은 한동안 창밖만 바라보다가 마침내 크게 외쳤다.

"저기야! 저기 고래 바위가 있어!"

하얀 눈과 빙하 사이에 높게 솟은 바위가 보였다. 커다랗고 둥근 등과 뾰족한 머리, 고래의 입처럼 움푹 팬 자국까지. 바위는 그 이름처럼 고래가 수면 위로 힘차

게 몸을 드러내는 순간의 모습을 닮아 있었다.

"드디어 도착이다!"

꺼져 가던 희망의 불꽃이 다시 타올랐다.

12

크슈샤 언니의 비밀

크슈샤 언니는 고래 바위에서 조금 떨어진 곳에 헬리콥터를 착륙시켰다. 추격하는 사람들이 우리의 진짜 목적지를 눈치채지 못하게 하기 위해서였다.

고래 바위까지 가는 길은 고난의 연속이었다. 푹푹 빠지는 눈밭을 간신히 벗어나나 했더니 울퉁불퉁한 얼음 산이 앞을 가로막았다. 제대로 된 길조차 없었다.

나눅이 한숨을 푹 내쉬었다.

"이건 난빙대야. 빙하에서 떨어져 나온 얼음덩어리가 산처럼 솟아 있는 울퉁불퉁한 얼음 지대지. 얼마 전에 눈이 많이 왔는지 바닥도 단단하지 않고, 눈사태가 일어나기 딱 좋은 상태니까 조심해야 해."

북극 환경에 익숙한 나눅마저 거친 숨을 몰아쉬며 얼음산을 넘어갔다. 유리온실에서 발목을 다친 리호는 티타늄 검을 지팡이 삼아 절뚝이며 따라갔다. 나는 은실이를 배낭에 넣고 어깨에 둘러멨다. 절대로 짐이 되어서는 안 된다는 생각으로 이를 악물었다.

그런데 문제는 크슈샤 언니였다. 헬리콥터에서 내린 후부터 기운 없는 모습으로 내내 몸을 떨었다.

결국 얼마 가지도 못했는데 하늘이 어둑해졌다. 북극은 워낙 낮이 짧은 데다 우리가 속도를 내지 못한 까닭이었다.

나는 힘들어하는 언니에게 말했다.

"우리 여기서 쉬었다 가요. 어차피 곧 밤이라 길을 찾을 수도 없잖아요."

모두 지쳐 있던 터라 반대하는 사람이 없었다. 이제는 꽤 익숙해진 나눅의 텐트를 펴고 안으로 들어갔다. 크슈샤 언니가 배낭에서 남아 있는 빵을 꺼내 우리에게 나눠 주었다. 정작 자기는 입맛이 없다며 텐트 한구석에 몸을 웅크리고 누웠다.

나눅과 리호는 피곤했는지 곧 잠이 들었다. 끙끙거리는 은실이를 보살피던 나도 깜빡 졸았다. 그런데 잠결에 찬 바람이 휙 불어오는 게 느껴졌다. 간신히 눈을 떠 보니 텐트 밖으로 나가는 누군가의 뒷모습이 보였다.

'크슈샤 언니잖아? 배낭까지 메고 어디 가는 거지?'

나는 언니가 걱정돼서 조용히 뒤를 따라 나섰다. 비틀거리며 걷던 언니는 몇 걸음 가지도 못하고 눈 위에 풀썩 쓰러졌다. 얼른 다가가 언니를 부축하며 물었다.

"언니, 혼자 어디 가는 거예요?"

언니가 놀란 얼굴로 머뭇거리더니 소매를 걷고 팔을 내밀었다. 팔 전체에 은실이처럼 붉은 반점이 번져 있었다. 나도 모르게 헉하고 숨을 들이쉬었다. 언니가 나를 보며 씁쓸하게 웃었다.

"설마 했는데 북극 기지에서 이미 엔피웜 바이러스에 감염됐었나 봐. 조금 전부터는 머릿속에서 자꾸 '따뜻한 곳으로 가.'라는 목소리가 들리고 정신도 자꾸 흐려져. 2기로 진행되고 있는 것 같아. 나마저 좀비로 변하면 너희가 위험해지니까 그렇게 되기 전에 멀리 떠나려는 거야."

많이 지쳐 보이기는 했지만 이미 바이러스에 감염되었는지는 몰랐다. 하지만 이곳까지 오느라 고생한 언니를 이대로 보낼 수는 없었다.

"곧 아프론타 열매를 구할 수 있을 거예요. 그러니까 언니, 조금만 더 버텨요."

울먹이며 말렸지만 언니는 조용히 고개를 저었다.

"시간이 없어. 동굴에 도착하기 전에 좀비로 변하고 말 거야. 내가 누구인지 잊어버린 채 좀비가 되어 죽고 싶지는 않아. 그 대신 부탁이 있어."

언니가 주머니에서 작은 병을 꺼내 내밀었다.

"네가 아프론타 열매를 구해서 살아남는다면 이걸 우리 엄마에게 전해 주겠어?"

"이건 아까 낮에 메테인 웅덩이에서 발견한 초록색 흙이잖아요. 이건 왜요?"

"우리 엄마가 평생 연구하던 걸 내가 찾은 것 같거든. 추운 곳에서도 메테인을 효과적으로 흡수하는 미생물이 이 흙 속에 있을지도 몰라. 우리 엄마 이름은 안겔리나 이바노프, 환경학자야."

언니 입에서 나온 익숙한 이름에 나는 소스라치게 놀

랐다. 안겔리나 이바노프는 리나 아줌마의 본명이었다. 내게 메테인을 내뿜지 않고 플라스틱을 분해하는 방법을 꼭 찾겠다고 약속했던 리나 아줌마의 딸이 크슈샤 언니라니. 언니의 뛰어난 과학 지식이 어디에서 온 건지 마침내 알 수 있었다. 게다가 스노모빌이며 헬리콥터를 자유자재로 운전하던 모습은 또 다른 누군가를 떠올리게 했다.

"혹시 언니 아빠 이름은 알렉산드로 킴이에요?"

"네가 어떻게 우리 아빠 이름을 알아?"

"세상에 이런 일이! 두 분이 정말 잘 어울린다고 생각했는데 결국 결혼하셨군요. 그리고 언니를 낳았고요."

나는 이 기막힌 우연, 아니 인연이 너무 놀라웠다.

"무슨 소리를 하는 거야? 우리 부모님은 네가 태어나기도 전에 결혼하셨는데?"

나는 잠시 고민하다가 의아해하는 언니에게 우리가 30년 전의 과거에서 왔다는 사실을 털어놓았다. 언니는 처음에는 믿지 않았지만 알렉스 아저씨와 리나 아줌마의 이야기에는 두 눈이 휘둥그레졌다.

"맙소사! 엄마, 아빠를 도와준 한국인 소녀와 고양이

얘기를 들은 적 있어. 엄마는 그 소녀와의 약속을 지키기 위해 평생 메테인 연구에 매달렸다고 했거든. 그런데 정말 그 소녀가 서림이 너란 말이야?"

크슈샤 언니는 입을 다물지 못했다. 나 역시 그 긴 세월 동안 약속을 지키기 위해 메테인 연구에 힘썼다는 리나 아줌마 이야기에 가슴이 뭉클해졌다. 어쩌면 아줌마처럼 자신의 일을 묵묵히 하는 사람이 있어서 세계는 평화가 유지됐는지 모른다. 소장이 나타나기 전까지는 말이다.

크슈샤 언니가 두 사람의 딸이라는 굉장한 사실을 받아들이기는 했지만, 여전히 이해되지 않는 게 있었다.

"그런데 추운 곳에서도 메테인을 효과적으로 흡수하는 미생물을 찾은 것 같다니 그게 무슨 말이에요? 그건 옥사나 박사님이 연구하는 거 아니에요?"

언니는 고개를 갸웃거리며 대답했다.

"옥사나 박사님은 유전자 편집 기술을 주로 연구하셔서 메테인과는 관련이 없어. 관심사가 완전 달랐던 우리가 친해진 건 고향과 이름이 같았기 때문이고."

"네? 이름이 같다니요?"

언니는 눈 위에 러시아어로 'Оксана(옥사나)'라고 쓴다음 그 아래 'Ксюша(크슈샤)'라고 썼다. 그러고는 'Ок'을 더 부드럽고 친근한 'Кс'로 바꾸어서 발음한다고 설명해 주었다. 러시아어는 하나도 모르지만 어쨌든 크슈샤 언니의 본명이 옥사나라는 것만큼은 알아들었다.

"옥사나라는 이름의 러시아식 애칭이 크슈샤란다. 하긴 러시아 사람이 아니면 잘 모를 수밖에."

그 순간, 나는 엄청난 사실을 깨달았다.

영구 동토층에서 빠져나온 메테인 문제를 해결하는 건 연구 기지 수면 캡슐에 잠들어 있는 옥사나 박사가 아니라 지금 내 앞에 있는 리나 아줌마의 딸, 크슈샤 언니였던 것이다. 소장이나 권현욱 아저씨도 연구 기지의 조리사가 미래에 메테인 문제를 해결하는 중요한 과학자가 된다는 걸 눈치채지 못한 모양이었다.

나는 언니의 손을 덥석 붙잡았다.

"언니, 언니는 미래의 지구를 구하는 중요한 사람이에요. 현욱 아저씨가 노렸던 옥사나 박사는 바로 언니라고요."

언니는 내 말이 무슨 뜻인지 얼른 알아듣지 못하고 눈

을 끔뻑거렸다.

"조리사인 내가 과학자가 된다고? 그래서 지구를 구한다는 거야? 그게 가능할 리 없잖아."

"언니! 나는 타임머신을 타고 30년 전 과거에서 왔어요. 이 타임머신은 미래의 내 손녀가 보내 준 거고요. 바로 언니를, 옥사나 박사님을 구하라고 말이에요. 그러니까 나는 언니를 꼭 살려야겠어요. 우리 같이 아프론타 열매를 구하러 가요."

언니는 오래 망설이다가 무언가 결심한 듯 마침내 내 눈을 똑바로 쳐다보았다.

"어릴 때는 과학자가 되라던 엄마의 잔소리가 참 싫었는데, 결국 이게 내가 할 일이었나 봐. 나 사실 조리사 일도 재미있지만, 연구 기지 과학자들이 정말 부러웠어. 진작 엄마 말을 들을 걸 그랬나 하는 후회도 했고."

언니는 붉은 반점이 넓게 퍼진 자신의 팔을 다시 한번 내려다보았다. 그러고는 소매를 내리며 말했다.

"좋아! 끝까지 가 보자. 그 대신 내가 좀비로 변하면 망설이지 말고 날 버려야 해. 알았지? 꼭 약속해 줘!"

나는 고개를 끄덕이면서도 절대 그럴 일이 없도록 최

선을 다할 거라고 다짐했다.

크슈샤 언니와 내가 텐트로 돌아오자 리호가 뒤척이며 잠꼬대를 했다.

"내가 누군지 알아? 나…… 주니어 검도 대회 은메달리스트야. 서림이는 내가 지킬 거야. 음냐…….”

리호는 꿈속에서도 나를 위해 싸우는 모양이었다. 크슈샤 언니가 큭큭 웃으며 내 귀에 속삭였다.

"리호가 널 정말 좋아하나 봐. 부럽네.”

얼굴이 달아올라 황급히 변명했다.

"아니에요, 우린 그냥 친한 친구일 뿐인데요.”

언니는 가만히 웃을 뿐이었다.

나는 은실이 옆에 누우며 생각했다. 더는 누가 누굴 지켜 주지 않아도 되는, 서로 소중한 친구로 지낼 수 있는 평범한 날이 빨리 오면 좋겠다고.

✳

"서림아, 일어나!”

누군가 나를 다급하게 흔들어 깨웠다. 눈을 떠 보니

아직 깜깜한 밤이었다. 리호가 나를 내려다보며 긴장한 표정으로 텐트 입구를 가리켰다. 은실이가 털을 바짝 세우고 밖을 향해 경계하고 있었다. 나눅이 배낭에서 뾰족한 창을 꺼냈다.

"무슨 일이야?"

리호가 손가락을 입술에 대며 나를 조용히 시켰다. 그리고 속삭이듯 말했다.

"은실이 녀석 아프면서도 계속 경계하고 있었나 봐. 하악거리는 소리에 눈 떠 보니 텐트 밖에 감염된 북극곰이 두 마리나 있더라고. 지금은 텐트 덕분에 우리 체온을 감지 못 하는 것 같아. 그렇다고 여기 계속 있을 수도 없는데 큰일이네."

크슈샤 언니도 이미 몸을 일으켜 앉아 있었다. 그새 붉은 반점이 얼굴까지 퍼져서 더 숨길 수 없을 정도였다.

언니가 뭔가 결심한 표정으로 말했다.

"내가 저 곰들을 유인할게."

눈이 휘둥그레진 리호가 되물었다.

"누나가 어떻게요? 지금도 이렇게 기운이 없는데 무슨 수로요?"

크슈샤 언니가 떨리는 목소리로 말했다.

"좀비가 비감염자를 공격하는 이유는 새로운 숙주를 찾기 위해서거든. 이미 감염된 사람은 노리지 않을 거야. 그래서 내가 간다는 거야. 나 사실 엔피웜 바이러스에 감염됐어. 미리 말하지 못해서 미안해."

깜짝 놀랄 줄 알았던 리호와 나눅은 의외로 무덤덤한 얼굴이었다.

"이미 알고 있었는데. 우리 엄마랑 증상이 비슷해서 눈치챘어요."

나눅의 말에 리호도 고개를 끄덕였다.

"나도 누나 목에 있는 붉은 반점 보고 알았어요. 그래도 아직 전염력은 없잖아요. 빨리 아프론타 열매를 찾으면 된다고 생각했어요."

대범한 건지, 아니면 겁이 없는 건지 두 사람은 생각보다 태연했다. 그래도 리호와 나눅의 겁 없는 성격이 지금 크슈샤 언니에게는 큰 힘이 될 터였다.

"누나는 안 돼요. 지금 그렇게 비틀거리면서 어떻게 곰을 상대하겠다는 거예요? 곰은 곰이 상대해야죠."

나눅이 자기 가슴을 쿵쿵 두드리더니 우리를 둘러보

며 말했다.

"누나 말을 듣고 알았어. 현욱 아저씨랑 같이 연구 기지를 나오는데 감염자들이 우리를 공격하지 않더라고. 그때는 아저씨가 무슨 수를 썼나 했는데, 아저씨와 나는 이미 바이러스에 감염된 적이 있기 때문이었어. 바이러스의 숙주가 될 수 없는 거지. 그러니까 내가 곰들을 따돌리는 사이, 도망가도록 해. 알았지?"

나눅은 말릴 새도 없이 텐트 바깥으로 뛰쳐나갔다. 우리를 위해 감염자들을 따돌리던 나눅 아빠의 모습이 겹쳐졌다.

나눅은 마구 소리 지르고 창으로 바위를 땅땅 두드리면서 좀비 곰들의 주의를 끌었다. 북극곰의 피부에는 어김없이 붉은 반점이 퍼져 있었다.

"크르르. 크르."

차가운 눈동자는 눈보다 더 하얀 막으로 덮여 있고, 날카로운 이빨을 드러낸 입가에는 붉은 핏자국이 있었다. 곰들은 소름 끼칠 정도로 무섭게 나눅을 뒤쫓기 시작했다. 나눅은 텐트에서 최대한 멀리 떨어지려는 듯 빠른 속도로 내달렸다.

"지금이야! 어서 나가자."

리호가 은실이를 안고 먼저 텐트 밖으로 나갔다. 크슈샤 언니를 부축한 내가 리호를 뒤따랐다.

달빛이 환한 밤하늘 너머에 고래 바위의 형체가 어렴풋이 보였다. 바위를 향해 정신없이 달리는데, 리호 품에 안겨 있던 은실이가 갑자기 훌쩍 뛰어내렸다. 그러고는 뒤따라오는 나를 향해 날카롭게 울어 댔다.

"은실아, 왜 그래? 무슨……."

질문을 채 끝내기도 전에 뒤에서 뭔가가 나를 덮쳤다. 그 바람에 나는 눈 위로 엎어지고 말았다. 고개를 돌려 보니 어두운 잿빛 얼굴이 텅 빈 눈동자로 나를 노려보고 있었다. 감염자가 뾰족한 이빨을 내 목덜미에 박아 넣기 직전이었다. 나는 손에 잡히는 대로 눈을 움켜쥐고 눈덩이를 감염자의 입에 쑤셔 넣었다.

"으으으읍. 으흡."

감염자는 비명을 지르며 나가떨어졌다. 하지만 눈덩이의 효과는 그리 오래가지 않았다. 감염자는 위에서 누가 줄을 당기는 것처럼 다시 벌떡 일어났다. 나는 마구 달아나기 시작했다.

"헉!"

하지만 우리를 노리는 감염자는 한둘이 아니었다. 어디서 나타났는지 꾸역꾸역 몰려드는 수십 명의 감염자 중에는 북극 기지에서 본 안경 쓴 남자와 머리 긴 여자도 있었다.

'왜 기지를 빠져나와 이곳까지 온 걸까? 기지의 비상 전력이 꺼져서일까? 수면 캡슐에 잠들어 있는 옥사나 박사는 괜찮을까?'

온갖 생각이 스쳤지만, 당장 급한 건 이 상황에서 벗어나는 일이었다.

북극곰을 유인하던 나눅은 감염자가 몰려오는 우리 쪽으로 달려오고 있었고, 리호는 검을 휘두르며 간신히 감염자와 거리를 벌리고 있었다. 바닥에 쓰러진 크슈샤 언니는 한 감염자의 다리를 붙잡고 놓지 않으려고 안간힘을 쓰는 중이었다. 은실이도 작은 몸으로 감염자들을 막아 보려 했으나 역부족이었다.

'이대로는 안 돼. 감염자를 한 번에 막을 방법이 필요해. 분명 방법이 있을 거야. 그게 뭔지 생각해 내야만 해.'

절박한 마음으로 주위를 두리번거렸다. 고래 바위가

있는 산비탈에 눈이 흩날리는 것이 보였다. 그 순간 곧 눈사태가 일어날지 모른다던 나눅의 경고가 떠올랐다.

'저거다! 눈사태를 이용하는 거야.'

눈사태를 일으키기 위해서는 충격을 줄 만한 무언가가 필요하다. 하지만 지금 내게는 폭발을 일으킬 만한 물건도 큰 소리를 낼 만한 도구도 없었다.

'꼭 큰 소리가 아니어도 돼. 오히려 저주파 소리가 눈사태에 더 치명적이라고 했어.'

올여름, 모기를 쫓는 데 효과적인 저주파 앱을 하이퍼폰에 깔았을 때 우연히 그 사실을 알게 됐다. 그때는 '눈사태는 무슨!' 하고 웃어넘겼는데 이렇게 쓸모 있을 줄 몰랐다.

나는 재빨리 하이퍼폰을 꺼내 기도하는 마음으로 저주파 앱을 작동시켰다. 다행이 앱이 실행되었다.

"리호야, 나눅! 감염자와 좀비 동물들을 산비탈 바로 아래로 유인해 줘. 곧 눈사태가 일어날 거니까."

나눅은 흘끗 산을 쳐다보고는 고개를 흔들었다.

"눈사태가 일어날 징조는 보이지 않는데."

"내가 일으킬 거야, 지금 바로."

나는 사람 귀에는 잘 들리지 않는 저주파가 흘러나오는 하이퍼폰을 들고 달려갔다. 그리고 산비탈에 쌓인 눈 속에 파묻었다.

저주파로 눈의 압력을 변화시켜 균열을 만들려는 계획이었다. 과연 효과가 있는지 하이퍼폰 주변에서 눈이 흔들리기 시작하더니 조금씩 흘러내리는 것이 보였다.

"됐다!"

하지만 그뿐, 눈사태가 날 정도로 큰 진동을 일으키지는 못했다. 내가 당황해하는 사이, 감염자들은 점점 더 가까워졌다.

리호가 검을 휘두르며 외쳤다.

"서림아! 일단 피하고 다른 방법을 찾아보자."

빨리 피하지 않으면 잡힐지도 몰랐다. 하지만 지금 포기하면 다른 방법을 찾기는 더 어려울 것이다. 나는 눈에 파묻은 하이퍼폰을 꺼내 진동 기능을 켰다. 저주파 소리에 진동까지 더해 효과를 극대화하려는 작전이었다. 이번에는 성공하기를 바라며 하이퍼폰을 다시 눈 속에 파묻었다.

잠시 후, 눈이 빠르게 흘러내리기 시작했다. 그러더니

산 위쪽에서 우우웅 하는 소리가 울렸다.

"산비탈에 쌓여 있는 눈이 갈라지기 시작했어. 피해! 눈사태야!"

나눅의 다급한 외침이 들렸다. 우우웅 소리는 점점 커지더니 하얀 눈 더미가 아래로 쏟아지기 시작했다. 우리는 파도처럼 밀어닥치는 눈을 피해 산비탈의 반대쪽으로 달리기 시작했다.

우르릉 쾅! 순식간에 쏟아진 눈 더미가 좀비 떼를 덮쳤다. 차가운 눈에 파묻힌 충격 때문인지 더는 움직이지 않았다. 용케 눈사태를 피한 좀비들은 허둥거리며 도망치기 바빴다.

하지만 기뻐할 시간도 한숨 돌릴 시간도 없었다. 이제 우리에게 남은 시간은 고작 열 시간. 그 안에 아프론타 씨앗을 찾아서 타임머신으로 돌아가야 한다. 우리는 남은 힘을 끌어모아 고래 바위를 향해 걷기 시작했다.

얼마나 서둘렀는지 고래 바위에 도착했을 때는 아직 태양도 뜨지 않은 새벽이었다.

나눅이 고래의 입처럼 보이는 움푹 팬 곳을 가리키며 말했다.

"거의 다 왔어. 저기가 동굴 입구야."

우리는 나눅을 따라 캄캄한 고래 입속으로, 아니 동굴 속으로 한발 내디뎠다.

13
고대인이 남긴 것

우리는 한동안 동굴에 난 길을 따라 걸었다. 희미한 빛조차 들어오지 않는 걸 보니 땅 밑으로 들어온 듯했다.

'정말 이런 곳에 아프론타 나무가 있다고? 나눅이 착각한 건 아닐까?'

자꾸 의심이 들었다. 몇 달 전에 왔을 때도 그랬다며 나눅이 우리를 안심시키고 배낭에서 손전등을 꺼냈다. 100년 전에나 쓰던 골동품이었다.

나눅이 씩 웃으며 말했다.

"혹시 몰라서 박물관에서 챙긴 거야."

손전등 기능이 내장된 하이퍼폰이 눈 속에 파묻혔으

니, 오래된 손전등이라도 있는 게 정말 다행이었다.

나눅이 기억을 더듬으며 길을 찾았다. 길은 갈수록 좁아졌다. 어둡고 좁은 동굴 안을 계속 걷다 보니 답답해서 숨이 막힐 지경이었다.

무엇보다 크슈샤 언니가 걱정이었다. 언니는 비틀거리며 걷다가 자꾸만 멈춰 서서 숨을 헐떡였다. 흐려지는 정신을 붙잡으려고 안간힘을 쓰는 게 느껴졌다. 언니가 좀비로 변하기 전에 얼른 아프론타 열매를 찾아야 했다. 조급한 마음에 걸음을 서둘렀다.

얼마나 갔을까. 갑자기 눈앞이 확 트였다. 지하 동굴이라는 게 믿기지 않을 정도로 넓은 평지가 펼쳐졌다.

"잘 찾아온 것 같아. 여기 벽화가 있던 게 기억나거든."

나눅이 손전등으로 오른쪽 벽면을 비추었다. 세월의 흔적 때문에 흐려지긴 했지만, 박물관 한쪽 벽면을 가득 채운 바로 그 벽화였다.

실제 벽화에는 훨씬 더 많은 그림이 남아 있었다.

'바이러스가 뭔지도 모르는 고대인들이 먼 훗날의 일을 어떻게 알고, 아프론타 씨앗을 숨기고 벽화로 남겨 둔 걸까?'

까마득한 후손을 위한 고대인들의 선물 같아서 놀랍기만 했다.

"나눅, 이제 어디로 가면 돼? 아프론타 나무는 어느 쪽에 있어?"

내 재촉에 나눅의 눈빛이 흔들렸다. 나눅은 당황한 표정으로 주변을 살펴보다가 어렵게 입을 열었다.

"그, 그게 나도 여기서부터는 길을 잘 몰라. 이쯤에서 내 핑거탭 배터리가 다 돼 버렸거든. 그래서 아빠한테 전화도 못 하고, 핑거탭에 넣어 둔 지도 사진도 볼 수 없어서 길을 잃었던 거야. 정신없이 헤매다가 우연히 아프론타 나무를 발견한 거고."

나눅은 머리를 쥐어뜯으며 기억을 되살리려 했지만 끝내 한숨을 내쉬었다.

"미안해. 여기 오면 기억이 되살아날 줄 알았는데."

동굴에 오기만 하면 열매를 발견할 수 있을 거라고 생각했다. 그런데 길을 찾을 수가 없다니 눈앞이 캄캄했다. 간신히 버티던 크슈샤 언니가 쓰러지듯 주저앉았다.

"언니, 조금만 더 기운 내요. 분명 다른 방법이 있을 거예요."

언니를 위로했지만 솔직히 나도 울고 싶었다. 벽화가 그려진 이곳에만 갈라진 길이 세 개나 있었다. 무작정 헤매기에는 남은 시간이 얼마 없었다.

그때였다. 배낭 안에 들어가 축 처져 있던 은실이가 고개를 내밀더니 애처롭게 울었다.

"은실아, 답답해서 그래?"

나는 은실이를 안아서 바닥에 내려 주었다. 은실이가 비틀거리면서 벽화 앞으로 다가갔다. 그러고는 고개를 갸웃거리며 앞발을 흔들었다. 왜 그러는지 궁금해서 은실이 옆에 쪼그리고 앉아 벽화를 쳐다보았다.

"어? 고양이네. 벽화에 고양이가 그려져 있어. 털이 회색인 게 꼭 은실이 널 닮았다."

고양이가 항아리 옆에 떨어진 씨앗을 줍는 그림이었다. 가장자리에 있어서 박물관의 벽화 전시물에서는 잘린 듯했다.

"그런데 이게 왜? 여기 뭐가 있어?"

아까부터 벽화에 집중하던 은실이는 아예 동굴 바닥에 배를 깔고 엎드려 앞발을 계속 휘둘렀다. 어쩐지 익숙한 동작이었다. 집에서 은실이가 아끼던 장난감이 가구 밑으로 들어가 버렸을 때 꺼내려던 동작이었다. 그렇다면…….

"여기 틈새가 있나?"

은실이 옆에 엎드려서 보니 벽화와 바닥 사이에 아주 작은 틈이 있었다. 저 틈새에 은실이가 관심을 가질 만한 뭔가가 있는 모양이었다.

평소의 은실이라면 금방 해냈을 동작인데, 바이러스 때문인지 움직이는 것도 힘들어 보였다. 나는 그런 은실이 대신 팔을 뻗었다. 틈새에 끼여 있는 딱딱한 물체를 꺼냈다.

"핑거탭이잖아. 이게 왜 여기에 있지?"

나눅이 눈을 휘둥그레 뜨고 대답했다.

"어? 그거 내 거야. 그날 배터리가 다 된 핑거탭을 잃어버렸거든."

나눅의 핑거탭이 하필 고양이 그림 아래의 틈새에 들어가 버린 것도, 그걸 은실이가 찾아낸 것도 놀라운 일의 연속이었다.

"그런데 그거 켤 수 있겠어? 그때도 배터리가 없었다면서."

리호가 걱정스레 물었다. 그때 문득 주머니에 넣어 둔 채 잊고 있던 게 떠올랐다.

"현욱 아저씨 방에서 가져온 핑거탭이 있어. 핑거탭끼리 무선 충전이 가능한 것 같던데?"

나눅이 눈을 반짝이며 고개를 끄덕였다. 두 핑거탭을 접촉하자 녹색 불이 깜빡이더니 나눅의 핑거탭 배터리가 충전되기 시작했다. 얼마 지나지 않아 전원이 들어온 핑거탭에서 나눅이 지도 사진을 찾았다.

"우아, 여기 있어! 지도 사진이 그대로 남아 있었어."

나눅의 말에 우리 모두 환호성을 질렀다. 아까부터 기운 없이 동굴 벽에 기대앉아 있던 크슈샤 언니도 믿기지 않는 얼굴로 말했다.

"네 고양이는 정말 놀랍구나. 어떻게 그걸 찾았지? 내가 무사히 살아남는다면 나도 고양이를 키울 거야."

옅은 미소를 띠는 언니의 얼굴에 아까보다 붉은 반점이 더 넓게 퍼져 있었다. 은실이의 초롱초롱하던 눈빛도 많이 흐려졌다. 은실이는 할 일을 다 끝냈다는 듯 내가 메고 있는 배낭으로 천천히 돌아갔다. 힘없이 기대는 은실이의 기척이 느껴져 가슴이 아팠다.

나는 지도를 발견한 기쁨에 들떠 있는 나눅과 리호에게 말했다.

"우리 더 서둘러야 해. 언니랑 은실이가 많이 힘들어하는 것 같아."

내 말에 나눅이 지도를 자세히 살피더니 말했다.

"일단 씨앗 항아리가 숨겨져 있는 곳으로 가야겠지?"

"응. 아무래도 이 동굴에 정말 나무가 있다면 그 씨앗에서 자랐을 테니까."

지도와 동굴을 번갈아 보던 나눅은 오른쪽 첫 번째 길을 가리켰다.

"저기야! 이제부터는 길이 완만하니까 속도를 낼 수 있을 거야."

나눅의 말처럼 길이 평평하긴 했지만 씨앗 항아리가 있는 장소는 멀었다. 어둑한 동굴 안을 걷고 또 걷다 보니 시간과 방향을 가늠할 수가 없었다. 기적처럼 얻은 지도가 아니었다면 진작 포기했을 것이다.

몸은 걸을수록 무거워졌고 다들 말이 없어졌다. 동굴에는 우리가 걷는 소리만 울렸다. 다리도 아프고 목도 말랐다. 그러나 아무도 쉬어 가자고 하지 않았다. 창백하던 언니의 얼굴이 점점 잿빛으로 변했다. 언니에게 남은 시간이 얼마 없는 것이 분명했다.

지도를 보며 앞서가던 나눅이 문득 걸음을 멈추었다. 고개를 갸웃대는 나눅을 따라 나도 지도를 살펴보았다.

"왜, 무슨 일이야?"

"이 지점에 이상한 표시가 있는데?"

뾰족한 세모가 세 개 그려져 있는 걸 보고 리호가 눈을 동그랗게 뜨며 말했다.

"이거 그거 아니야? 왜 옛날 영화에서 보물을 찾으러 동굴에 가면 함정 같은 거 나오잖아. 땅이 꺼지기도 하고 이만한 철퇴가 획 나타나기도 하고."

"에이, 그건 영화잖아. 안 그래도 시간 없는데 일일이 의심하면 언제 도착하겠어?"

마음이 급해진 나는 나눅과 리호를 지나쳐 앞으로 걸어갔다. 벽과 천장, 바닥까지 둘러봤지만 별문제는 없어 보였다.

나는 두 사람을 돌아보며 말했다.

"이것 봐. 아무것도 없잖아. 빨리 가기나 하자."

서둘러 한 발짝 내디뎠을 때, 갑자기 발목에 뭔가 걸

린 느낌이 들었다. 아래를 내려다보니 팽팽하게 당겨진 검은색 줄이 보였다. 그게 뭔지 생각할 틈도 없이 바닥이 쑥 꺼졌다. 아래로 떨어지면서 뭐라도 잡아 보려고 허공에 팔을 휘저었지만 소용없었다.

"으앗!"

겨우 눈을 떠 보니 몸이 공중에 떠 있었다. 위를 올려다보자 나눅과 리호가 내 팔을 붙잡고 있었다.

처음 얼음 절벽에서 나눅을 구해 줬을 때처럼 둘은 바닥에 엎드려 내 팔을 끌어당겼다. 가까스로 구조된 나는 바닥에 등을 대고 누워 거친 숨을 몰아쉬었다.

리호가 숨을 헐떡이며 말했다.

"서림아, 너답지 않게 왜 그래? 덤벙거리는 건 내 특기인데."

"미안해. 은실이랑 언니가 너무 걱정이 돼서……."

리호가 새파랗게 질린 나를 달래 주었다.

"그건 우리도 마찬가지야. 그럴수록 신중하게 가야지. 여기 보통 동굴은 아닌 것 같아."

평소답지 않게 진지하게 말하던 리호가 갑자기 웃음을 터뜨렸다.

"푸핫! 나 이렇게 말하니까 꼭 서림이 너 같지 않아? 같이 다니다 보니까 서로 닮아 가나 봐."

리호의 너스레 덕분에 긴장이 풀렸다. 나는 얼른 일어나 떨어질 뻔했던 구덩이를 내려다보았다. 3미터쯤 되는 깊이의 바닥에는 뾰족한 창이 빽빽하게 꽂혀 있었다. 온몸에 소름이 돋았다.

"정말 너희 덕분에 살았다. 고마워."

몸을 부르르 떨며 말하자 나눅이 씩 웃었다.

"히힛! 이걸로 은혜 하나는 갚은 거다."

우리는 함정을 피해서 앞으로 나아갔다. 같은 실수를 하지 않기 위해 사방을 꼼꼼히 살피며 걸었다. 그 덕분에 지도에 수상한 표시가 두 개 더 있었지만 함정에 빠지지 않고 갈 수 있었다.

목적지에 가까워질수록 어디선가 졸졸 물 흐르는 소리가 들렸다. 동굴 벽은 축축했고, 바닥에는 군데군데 물이 고여 있었다. 북극의 영구 동토층이 녹고 있는 영향인 듯했다. 찰박거리며 물웅덩이를 건너자 눈앞에 제법 넓은 공간이 나타났다.

"바로 여기야! 지도에 의하면 여기 항아리가 있어

야……. 헉!"

나눅이 말하다 말고 놀란 숨을 내뱉었다. 나 역시 눈앞에 펼쳐진 광경을 믿을 수 없었다.

"이럴 수가!"

인공적으로 만든 것이 분명해 보이는 벽이 완전히 무너져 있었다. 그 잔해 속에서 한때는 온전한 항아리였을 둥글고 황토색의 토기 조각들이 보였다. 나는 헐레벌떡 맨손으로 돌과 조각을 헤치며 씨앗을 찾았다.

"아얏!"

정신없이 씨앗을 찾다가 그만 뭔가 날카로운 것에 손을 베이고 말았다. 손에서 피가 뚝뚝 떨어졌다.

"서림아, 괜찮아?"

같이 씨앗을 찾던 리호가 걱정스레 물었다. 그 순간 눈물이 터지고 말았다.

"어떡해, 아프론타 씨앗이 없어. 씨앗이 없으면 우리 은실이도 언니도 살릴 수가 없잖아."

리호 역시 어떤 위로의 말도 하지 못했다.

바로 그때였다. 어디선가 익숙한 목소리가 들려왔다.

"순진하게 아직 씨앗이 남아 있을 거라고 생각했나?

보아하니 이미 오래전에 무너져 내린 것 같은데."

놀라서 고개를 들어 보니 권현욱 아저씨가 몇몇 사람과 함께 서 있었다. 그중에는 금목걸이를 한 남자도 있었다. 아저씨는 한 손에는 박물관에서 훔친 지도를, 다른 한 손으로는 전자총을 들고 있었다. 지도를 보고 이곳까지 쫓아온 모양이었다.

아저씨가 우리에게 총을 겨누며 말했다.

"지금 유일한 희망은 엔피웜 바이러스에 항체를 가진 저 소년뿐이야. 남아 있는 인류를 위해서 하루라도 빨리 치료제를 개발해야 해."

아저씨는 우리를 부드럽게 어르고 달랬지만 하나도 귀에 들어오지 않았다.

'엔피웜 바이러스를 퍼뜨려 세상을 위험에 빠뜨린 사람이 도대체 무슨 염치로 인류를 위한다는 말을 할 수 있는 거지?'

화가 치밀어 아저씨의 얼굴을 똑바로 쳐다보았다.

"그렇게 급하면 아저씨 혈액으로 치료제를 만들면 되잖아요. 아저씨도 아프론타 열매를 먹었으니 항체가 있을 거 아니에요? 자기는 위험해서 못 하는 일을 왜 어린아이에게 시키려고 하는 거예요?"

아저씨의 얼굴이 새빨개지더니 다른 사람이 된 듯 인상을 쓰며 나를 노려보았다.

"그래, 맞아! 그분이 나에게 아프론타 열매를 직접 건넸어. 그리고 나는 특별한 사람이라며 살아남은 사람들을 이끌 중요한 임무를 내려 주셨지. 이런 내게서 혈액을 뽑았다가 무슨 일이라도 생기면 어떻게 해. 그럴 수는 없잖아."

아저씨가 흘러내린 앞머리를 짜증스럽게 쓸어 올렸다. 자기가 위험해지기 싫어서 한참 어린 나눅을 희생시키려 하다니 정말 뻔뻔했다.

'소장은 어떻게 자기와 똑같은 사람을 매번 찾아내는 걸까? 이렇게 이기적이고 뻔뻔한 사람은 어느 시대, 어느 곳에나 늘 존재하는 걸까?'

꼭 소장처럼 말하는 아저씨가 소름 끼쳤다. 그래서 나는 무서운 줄 모르고 쏘아붙였다.

"그 사람은 구세주가 아니에요. 자기 목적을 위해서는 사람이건 자연이건 희생시키는 걸 당연하게 생각하는 악당이라고요. 그 사람 때문에 결국 엔피원 바이러스를 이 세계에 퍼뜨리고 말았잖아요. 그게 아저씨가 원한 거였어요? 세계를 완전히 파괴해서 사람들을 다 죽게 하는 거요!"

"하, 하지만 새로운 세상을 만들기 위해서는 꼭 필요한 과정이라고 하셨다."

아저씨가 변명했지만, 진실을 알게 된 사람들이 아저씨를 거세게 비난하기 시작했다. 자기편이라고 생각했던 사람들이 등을 돌리자 당황한 아저씨가 전자총을 번쩍 들고 소리쳤다.

"다, 다들 꼼짝 마! 치료제를 구하고 싶은 사람들은 나와 함께 간다. 그게 아니면 여기 남아서 사라진 씨앗이나 찾아보든가."

사람들은 잠시 망설이다가 나눅의 팔을 붙잡았다. 억지로 끌려가는 나눅을 구할 방법은 없었다. 모든 희망을 잃어버린 나는 차마 그 모습을 볼 수 없어 두 눈을 감아 버렸다.

바로 그때였다.

"우어어어어, 우으어."

내 뒤쪽에서 이상한 소리가 터져 나왔다. 깜짝 놀라 뒤돌아보니 크슈샤 언니가 완전히 잿빛으로 변한 얼굴로 침을 흘리고 있었다. 하늘처럼 파랗던 예쁜 눈동자가 하얀 막이 낀 듯 희뿌앴다. 결국 감염 2기로 진행되고 만 것이다.

언니는 공격 대상을 찾는 듯 목을 꺾더니 사람들이 모여 있는 곳으로 달려들었다.

"으앗! 좀비다!"

"사, 살려 줘!"

공포에 사로잡힌 사람들의 비명이 동굴 속에 울려 퍼
졌다.

14
다시 흐르는 우리의 시간

순식간에 분위기가 바뀌었다.

사람들이 날카로운 비명을 지르며 도망가기 시작했다. 권현욱 아저씨가 허둥대는 틈을 놓치지 않고 리호가 몸을 날렸다. 리호와 세게 부딪치는 바람에 아저씨가 총을 떨어뜨렸다. 나는 발밑에 굴러온 전자총을 잽싸게 낚아챘다.

마침내 자유의 몸이 된 나눅이 크슈샤 언니의 팔을 붙잡았다. 감염자가 자신을 공격하지 않는다는 걸 알기에 할 수 있는 행동이었다.

나는 도망치는 사람들에게 소리쳤다.

"제발 제 말 좀 들어 보세요."

사람들이 걸음을 멈추고 몸을 돌렸다. 하지만 여전히 우리에게서 멀찍이 떨어져 있었다.

나는 사람들에게 간절한 목소리로 말했다.

"권현욱 아저씨를 데리고 가서 치료제를 만드세요. 치료제를 만드는 데 성공한다면 다른 사람들한테도 꼭 나눠 주시고요."

금목걸이를 걸친 남자가 붉어진 얼굴로 내게 다가왔다. 그 사람은 내 도움을 받는 게 겸연쩍은 건지, 지금까지 자신의 행동이 부끄러운 건지 흠흠 헛기침했다.

"그래, 알았다. 그런데 너희는 어떻게 할 생각이니? 저 감염자는 버리고 우리랑 같이 가는 게 어떠냐?"

우리 걱정을 해 주다니 별일이었다. 나는 마음은 고맙지만 그럴 수 없다며 다른 방법을 찾아보겠다고 했다.

금목걸이 남자가 사람들과 함께 아저씨를 서둘러 데려갔다. 총을 빼앗긴 아저씨의 뒷모습은 초라하기만 했다.

사람들이 모두 사라지자 리호가 주위를 둘러보며 물었다.

"이제 어쩌지?"

"나도 잘 모르겠어. 아무리 서둘러도 치료제가 만들어지려면 시간이 걸릴 거야. 크슈샤 언니나 은실이한테는 기회도 없겠지. 빨리 열매를 찾는 수밖에 없는데. 씨앗은 사라지고, 나무를 찾을 길은 없으니……."

나는 침울한 목소리로 대답하다가 문득 중요한 사실을 깨달았다. 씨앗에만 집중하느라 잠시 잊고 있던 것이 있었다. 우리가 원래 찾으려고 했던 건 씨앗 항아리가 아니라, 그 근처에 있을 것으로 예상되는 아프론타 나무였다.

"나눅! 너 아프론타 열매를 나무에서 따 먹었다고 했었지?"

좀비가 된 크슈샤 언니를 붙잡느라 낑낑거리던 나눅이 나를 쳐다보았다.

"응, 그랬지."

"그건 항아리에 있던 씨앗이 어딘가로 흘러가서 뿌리를 내렸다는 거잖아. 물이 어디로 흘러갔는지 살펴보면 나무의 위치를 알 수 있을 거야."

내 말에 리호가 고개를 갸웃했다.

"하지만 지금 사방에 물이 흥건해. 게다가 여기는 북극이잖아. 이렇게 추운데 어떻게 싹을 틔우겠어?"

생각에 잠겨 있던 나눅이 별안간 소리쳤다.

"아니야! 나무가 있던 장소는 이상하게 따뜻했어. 꼭 온실 같았다니까."

"그래? 너 그 장소를 찾을 수 있겠어?"

내가 다급하게 묻자 나눅의 눈썹이 축 처졌다.

"그, 그게 정신없이 길을 헤매다 우연히 발견한 거라. 아악! 누나!"

나눅이 꽥 비명을 질렀다. 좀비로 변한 크슈샤 언니가 나눅의 팔목을 물었기 때문이다. 얼른 팔을 빼내서 상처가 깊지는 않았지만, 언니를 데리고 움직이기는 쉽지 않을 것 같았다. 그렇다고 이곳에 묶어 두고 갈 수도 없었다. 고민에 빠져 있던 내 머릿속에 갑자기 환한 불이 탁 켜졌다.

"좋은 생각이 났어! 언니가 우리를 나무가 있는 곳에 데려다줄 수 있을 것 같아."

"그게 무슨 소리야? 우리도 알아보지 못하는 누나가 무슨 수로?"

나눅이 이해할 수 없다는 표정을 지었다. 나는 머릿속에 떠오른 계획을 차근차근 설명했다.

"연구 기지에 몰래 들어갔을 때 기억나지? 소리 내지 않고 체온도 낮으면 감염자가 우리를 감지하지 못했잖아. 그럼 주위에 공격할 상대가 없다면 어디로 움직일까?"

내 질문에 리호가 외쳤다.

"따뜻한 곳!"

감염자는 아주 멀리 있는 열도 느끼는 놀라운 능력이 있었다. 엔피웜 바이러스에 걸린 은실이와 항체가 있는 나눅은 공격당할 위험이 없으므로 소리만 내지 않으면 될 것이다.

리호와 나는 곧바로 두꺼운 방한복과 체온 조절 슈트를 벗었다. 지상보다야 덜했지만, 온몸에 소름이 돋을 만큼 추웠다. 체온이 충분히 내려가자 나는 몸을 덜덜 떨며 나눅에게 수신호를 보냈다.

나눅이 크슈샤 언니를 붙들고 있던 손을 놓고 조용히 뒷걸음쳤다. 언니는 잿빛 얼굴을 획획 돌리며 뭔가를 찾는 듯했다.

우리는 손바닥으로 입과 코를 가리며 숨소리조차 내지 않았다. 동굴 천장에서 똑똑 물 떨어지는 소리만이 들려왔다.

그때 크슈샤 언니가 갑자기 왼쪽을 향해 비틀거리며 걸어가기 시작했다. 우리는 숨을 죽이고 가만히 언니를 뒤따랐다. 언니가 뒤돌아 공격할지도 모른다는 생각에 가슴이 쿵쿵 뛰었다. 내내 긴장하면서 걸어서인지 추운지도 모를 정도였다. 아니, 그게 아니다. 정말 춥지 않았다. 아프론타 나무가 자라는 곳이 가까워진 모양이었다. 막다른 곳에 다다른 크슈샤 언니가 걸음을 멈추었다.

"우어어어, 우어어."

언니는 알 수 없는 소리를 내면서 동굴 벽을 향해 돌진했다. 벽에 부딪친 언니의 몸이 크게 휘청거렸다. 고통을 느끼지 못한다고 하더라도 큰 부상을 입을 수 있었다. 나눅에게 소리쳤다.

"어, 언니를 말려!"

나눅보다 언니가 내 소리에 더 빠르게 반응했다. 언니의 억센 손이 내 옷자락을 잡아채려는 순간, 나눅이 가까스로 언니를 막았다. 그사이 언니가 부딪친 벽을 살펴보던 리호가 말했다.

"이것 봐! 여기 구멍이 있어. 따뜻한 공기가 흘러나오는데."

막다른 벽이라고 생각했는데 아랫부분에 구멍이 있었다. 아무래도 그 너머에 우리가 찾는 장소가 있는 것 같았다. 리호가 구멍에 얼굴을 집어넣었지만 어깨가 걸리고 말았다.

"구멍이 터널처럼 길게 이어져 있어. 그 끝에서 따뜻한 바람이 불어와."

그러고는 나를 보았다.

"서림이 너라면 통과할 수 있을 것 같은데."

"뭐? 나 혼자?"

깜짝 놀랐지만 다른 방법이 없어 보였다. 나는 은실이가 들어 있는 배낭을 벗어 바닥에 내렸다. 축 처진 은실이가 간신히 고개를 들었다. 에메랄드빛 눈동자는 여전했지만, 윤기 나는 은회색 털은 칙칙한 잿빛으로 변해 있었다. 눈물이 핑 돌았지만 나는 이를 악물었다.

"은실아, 나 금방 갔다 올게. 잠깐 리호랑 있어."

내 눈을 빤히 보던 은실이가 갑자기 몸을 일으켰다.

다리에 바짝 힘을 주더니 비틀거리는 걸음으로 구멍에 들어가 버렸다. 리호가 아무리 불러도 은실이는 나오지 않았다. 오히려 나를 돌아보며 빨리 따라오라는 듯 '냐아냐아' 울었다. 많이 아플 텐데도 나랑 같이 가려고 앞장선 모습에 가슴이 찌르르 울렸다.

"은실이랑 같이 갈게. 아무래도 혼자보다는 낫잖아."

나는 그렇게 말하고 은실이를 쫓아 구멍으로 들어갔다. 어찌나 좁은지 기어가는 것도 어려웠다.

지렁이처럼 몸을 앞뒤로 꿈틀거리며 앞으로 나아갔다. 그러다 보니 좀처럼 속도가 나지 않았다. 어둠 속에서 간혹 뒤돌아보는 은실이의 눈빛을 이정표 삼아 앞으로 나아갔다. 혼자였다면 정말 무서웠을 거다.

저 멀리 점처럼 보이던 빛이 점점 커지더니 드디어 좁은 터널의 끝에 다다랐다. 은실이가 먼저 구멍을 빠져나갔다. 은실이를 따라 터널 밖으로 나온 나는 눈앞에 펼쳐진 광경에 입을 딱 벌리고 말았다.

"우아, 진짜 있다니!"

확 트인 동굴에 나무 한 그루가 기적처럼 자라고 있었다. 키는 작지만 제법 굵은 나무에는 넓적한 푸른 잎사

귀와 아기 주먹만 한 크기의 노란 열매가 달려 있었다. 그렇게 찾아 헤매던 아프론타 나무 열매였다.

누군가 조명을 비춘 것처럼 나무에 한 줄기 햇살이 떨어졌다. 고개를 젖혀 보니 손바닥만 한 구멍으로 하늘이 보였다. 저 작은 구멍 덕분에 씨앗이 자라서 열매까지 맺었다는 게 믿기지 않았다. 나무에 가까이 다가가자 바닥에 반짝이는 조각이 떨어져 있는 것이 보였다.

"어, 유리 조각이잖아. 이런 게 왜? 설마 소장이 만든 유리온실이 이 위에 있었던 거야?"

그제야 알 것 같았다. 고대인이 숨겨 둔 씨앗이 뿌리를 내린 것은 기적이었으나, 새싹을 키운 것은 바로 이 위에 자리한 유리온실의 코스모나이트 덕분이라는 것을. 소장과 권현욱 아저씨는 생각지도 못한 방식으로 우리에게 도움을 준 것이다.

나는 두 손을 뻗어 조심스럽게 열매 하나를 땄다. 노랗게 잘 익은 열매에서 달콤한 냄새가 풍겼다. 고개를 두리번거리자 동굴 구석에 등을 동그랗게 말고 있는 은실이가 보였다. 이곳까지 오느라 기운이 다 빠진 모양이었다. 나는 은실이에게 다가가 기쁜 목소리로 말했다.

"은실아, 이것 봐! 진짜 아프론타 열매가 있었어. 이거 빨리 먹자."

기운 없이 바닥에 얼굴을 대고 누워 있는 은실이를 안아 올렸다. 그런데 열매를 먹이려는 순간, 은실이가 갑자기 몸을 뒤틀더니 번쩍 눈을 떴다. 에메랄드빛 눈동자는 사라지고 탁한 눈동자가 나를 노려보았다. 날카로운 이빨을 드러낸 은실이의 얼굴은 온통 잿빛이었다.

"크르르, 크르."

한 손으로는 은실이를 안고, 다른 한 손에는 열매를 쥐고 있어 미처 피할 틈이 없었다. 좀비로 변한 은실이가 내 목덜미를 향해 튀어 올랐다. 무섭다기보다 슬픔이 먼저 밀려들었다.

"은실아, 제발!"

간절한 내 목소리가 동굴에 울려 퍼졌다. 은실이는 순간 몸을 움찔하더니 괴로운 듯 잔뜩 인상을 썼다. 아주 잠깐이지만 탁한 눈동자가 맑아졌다가 다시 하얘졌다. 아직 엔피웜 바이러스가 은실이를 완전히 장악하지는 못한 듯했다.

나는 흐르는 눈물을 삼키며 은실이의 이름을 부드럽

게 불렀다.

"은실아, 나 서림이야. 나 알지? 우리 서로 가장 특별한 친구잖아. 그러니까 나를 위해서라도 조금만 더 버텨 줘."

은실이는 내 목소리에 반응이라도 하듯 끙끙거리면서 몸을 뒤틀었다. 투명한 에메랄드빛 눈동자가 돌아왔다가 흐려지기를 반복했다. 그러면서도 내게서 눈을 떼지 않았다. 우리가 함께했던 시간을 떠올리는 듯했다.

23번 오염 구역에서 처음 만난 우리, 살인나비의 가스를 마시고 쓰러진 은실이를 안고 울던 나, 바닷속에서 괴물 고래에 쫓기던 나를 구해 주던 은실이……. 그 모든 위험한 순간에 서로가 있어서 포기하지 않을 수 있었다.

"그러니까 은실아, 지금도 포기하면 안 돼! 끝까지 힘을 내. 우리 함께 집으로 돌아가는 거야."

집이라는 말에 은실이의 입가에 미소가 떠오르는 듯 보였다. 나는 은실이의 작은 몸을 안고 입에 열매를 갖다 댔다. 은실이가 열매 대신 내 손을 물어뜯을 수도 있지만, 그래도 나는 나의 가장 특별한 친구를 믿어 보기

245

로 했다.

마침내 은실이가 살짝 입을 벌렸다. 나는 그 틈을 놓치지 않고 열매를 꽉 짜서 과즙을 흘려 넣었다. 노란 과즙이 목구멍을 통해 흘러 들어가는 것이 보였다. 반응이 일어나기를 기다리는 시간이 어찌나 초조하던지 손바닥에 땀이 흥건했다.

몇 분이나 흘렀을까. 마침내 은실이가 고개를 들고 가만히 나를 불렀다.

"냐아, 냥!"

얼마나 그리운 소리였는지 모른다. 뜨거운 눈물이 뺨을 타고 흘러내렸다. 은실이가 까칠하고 따뜻한 혀로 내 눈물을 핥아 주었다.

나는 은실이를 와락 끌어안으며 속삭였다.

"은실아, 우리 이제 집으로 돌아가자!"

＊

하얀 눈이 소복하게 쌓인 타임머신을 발견한 건 은실이었다.

"역시 네 고양이는 대단해!"

크슈샤 언니가 혀를 내두르며 엄지를 치켜세웠다. 내가 가져간 아프론타 열매를 먹은 언니도 정상으로 돌아왔다.

곧바로 동굴을 빠져나온 우리는 서둘러 헬리콥터를 타고 나눅의 마을로 향했다. 부모님 몫의 열매를 나눠받은 나눅은 빚이 하나 더 늘었다며, 갚을 기회를 꼭 달라고 했다. 팬데믹이 잠잠해지면 또 놀러오겠다고 대답은 했지만, 사실 지키지 못할 약속이었다. 하지만 앞으로는 나눅이 은혜 따위 갚지 않아도 될 만큼 평화로운 미래가 올 테니 상관없었다.

아쉬워하는 나눅을 뒤로하고 서둘러 타임머신이 있는 장소로 날아갔다. 돌아가야 할 시간은 고작 삼십여 분밖에 남지 않았다.

처음 타임머신이 불시착한 장소 근처에 도착했지만 온통 하얀 눈밖에 보이지 않았다. 그때 은실이가 당황한 우리를 유유히 지나치더니 눈 속에 파묻힌 타임머신을 찾아냈다.

크슈샤 언니가 은실이를 칭찬하고는 내 손을 꼭 잡았

다. 어느새 언니의 눈시울이 붉어져 있었다.

"서림아, 리호야. 그리고 은실아! 정말 고마워. 너희 덕분에 목숨을 구했어. 엄마와도 화해할 수 있게 됐고."

언니는 잠깐 말을 멈추고 진지한 얼굴로 덧붙였다.

"이제야 내가 해야 할 일이 뭔지 알게 됐어. 내가 무엇을 좋아하는지도. 그러니까 너희가 구한 이 세계를 지킬 수 있도록 최선을 다할게."

나는 언니의 손을 힘껏 쥐고 흔들며 말했다.

"미래를 잘 부탁해요. 크슈샤, 아니 옥사나 박사님!"

환하게 웃으며 손을 흔드는 언니를 뒤로하고 우리는 타임머신에 올랐다.

어렵게 되찾은 아프론타 씨앗을 넣어 둔 주머니가 잘 있는지 한 번 더 확인하고 좌석에 앉았다. 은실이가 내 무릎 위로 사뿐히 뛰어올라 둥글게 몸을 말았다. 옆자리에 앉은 리호가 후유, 하고 안도의 숨을 내쉬었다.

"이제 진짜 집에 가는 거지?"

"아직은 아니지. 일단 아마존으로 돌아가서 이 씨앗을 모레나 선생님께 전달해야 하니까."

내가 웃으며 대답하자, 리호가 몸을 부르르 떨었다.

"뭐? 그럼 라리사를 또 만나는 거야?"

"아마도. 라리사는 케이팝 콘서트 간다고 했으니까 우리랑 같이 한국으로 갈 것 같은데?"

"으아, 한동안 계속 시끄럽겠구나."

리호의 너스레에 나도 웃으며 대답했다.

"걱정 마. 한국에 가서 노아를 보는 순간 넌 안중에도 없을걸."

푸하하, 웃던 리호가 나를 쳐다보았다. 어느새 진지한 눈빛이었다.

"이번에는 정말 아슬아슬했어. 은실이도 나도 그리고 너도. 내가 발목을 다치는 바람에 너희를 제대로 지켜 주지도 못했네……."

"에이, 그게 무슨 소리야. 네가 날 구해 준 게 몇 번인 데. 나야말로 자꾸 이런 일에 휘말리게 해서 미안해."

"뭐? 그렇게 말하면 섭섭하지. 난 네가 가는 곳이라면 어디든 갈 거니까!"

그렇게 말하고는 부끄러웠는지 리호의 뺨이 붉게 물들었다. 나도 덩달아 얼굴이 달아올랐다.

내 무릎 위에서 잠에 든 줄 알았던 은실이가 더는 못

들어 주겠다는 듯 고개를 절레절레 저었다. 그러고는 펄쩍 뛰어올라 아까부터 깜빡이는 빨간 비상 버튼을 앞발로 꾹 눌렀다.

슈우우웅! 순식간에 눈부신 빛이 쏟아졌다. 몸이 둥실 뜨나 싶더니 타임머신이 쏜살같이 날아가기 시작했다.

이제 진짜 돌아갈 시간이다. 너와 나의 세계로. 다시 흐르는 우리의 시간 속으로.

5권의 마지막 장면 때문에 6권을 기다린 독자님이 많
았죠? 기다린 만큼 재미있게 읽었나요? 리호의 말처럼
이번에는 아슬아슬한 순간이 계속 이어졌어요. 바이러
스에 감염돼 좀비로 변해 버린 사람과 동물의 모습은
무섭기까지 했고요. 과학을 좋아하는 평범한 소녀 서림
이와 왕할머니 고양이 은실이의 모험이 점점 위험해져
서 작가로서 미안한 마음이 들 정도였어요.

6권에서 이렇게 무시무시한 좀비가 등장한 건 바이
러스 때문이에요. 서림이와 은실이는 원래 치명적인 바
이러스 때문에 황폐해진 지구에 살았잖아요. 그 암울한
세상을 바꾸기 위해 타임머신을 타게 되고요.
　그때는 잠깐 등장했던 바이러스를 본격적으로 다뤄

야겠다고 생각한 건, 2023년 겨울에 본 충격적인 뉴스 때문이었어요.

지구 온난화로 녹아 버린 북극의 영구 동토층에서 4만 년 전 고대 바이러스가 발견되었고, 이걸 한 연구팀이 부활시켰다는 내용이었죠. 4만 년 만에 되살아나서 '좀비 바이러스'라고도 부르더라고요.

연구팀은 "이 바이러스는 크게 위험하지는 않지만, 얼음 속에 전염성이 강한 다른 바이러스가 얼마든지 있을 수 있다."고 경고했어요.

더 큰 문제는 지금 이 순간에도 영구 동토층이 녹고 있다는 점이에요. 심각성을 느끼던 중 〈시간 고양이〉 독자를 직접 만나는 자리가 있었어요. 저는 거기서 이런 질문을 했어요.

"〈시간 고양이〉는 '코로나19'의 영향을 받아 쓴 책인데, '코로나19' 하면 어떤 기억이 나나요?"

많은 독자가 뉴스를 볼 때마다 무서웠고, 매일 마스크를 써야 해서 답답했다고 대답했어요. 반면 어떤 친구는 실컷 게임을 해서 좋았고, 학교에 가지 않아서 편했다고도 하더라고요. 벌써 시간이 많이 흘러서 코로나19

바이러스에 대한 위험을 잊어버린 것 같았어요.

코로나19는 백신과 치료제가 빨리 개발되어서 다행이었지만, 앞으로 우리에게 닥칠지 모르는 미지의 바이러스는 백신이나 치료제 개발이 어려울 지도 몰라요. 그렇게 된다면 어떤 일이 벌어질지 상상만으로도 무섭지 않나요?

그래서 6권에서는 영구 동토층에서 깨어난 고대 바이러스가 얼마나 위험한지 이야기해야겠다고 생각했어요. 치료제가 없는 치사율 99.9퍼센트, 감염되면 좀비로 변하는 무시무시한 '엔피웜 바이러스'는 그렇게 탄생했답니다.

실제로 이미 북극권에 있는 영구 동토층은 많이 녹아 버렸어요. 언 땅 위에 지어 놓은 시설은 무너지고, 메테인 웅덩이도 많아지고 있고요. 지구 온난화가 멈추지 않는 한 치명적인 바이러스는 이야기 속에만 머물지 않을 수도 있습니다.

책 속에서는 서림이와 은실이가 친구들의 도움을 받아 지구를 구해 냅니다. 하지만 현실에서는 한두 사람의 힘으로 지구를 구하는 것은 불가능해요. 〈시간 고양이〉 시리즈를 좋아하는 여러분이라면 '나 하나쯤이야.'가 아니라 '나 하나라도.'의 마음을 가지고 있으리라 믿어요. 그 마음으로 '모두가 행복한 녹색 지구'를 위해 내가 할 수 있는 일을 했으면 좋겠습니다.

북극에서 돌아온 서림이와 은실이에게는 또 어떤 일이 벌어질까요? 녹색 지구를 지키려는 〈시간 고양이〉 일곱 번째 모험도 많이 기대해 주세요.

자꾸 짧아지는 봄날이 아쉬운 어느 날에
박미연

시간 고양이 ⑥

Ⓒ 박미연·이소연, 2025

초판 1쇄 발행일 2025년 3월 4일
초판 4쇄 발행일 2025년 3월 25일

지은이   박미연
그린이   이소연
펴낸이   강병철

책임편집   서효원 유지서
크로스교정 정사라
편집   장새롬 전욱진 이주연
디자인   강우정 서은영
마케팅   최금순 이언영 연병선 송의정
제작   홍동근

펴낸곳   이지북
출판등록   1997년 11월 15일 제105-09-06199호
주소   (04047) 서울시 마포구 양화로6길 49
전화   편집부 (02)324-2347, 경영지원부 (02)325-6047
팩스   편집부 (02)324-2348, 경영지원부 (02)2648-1311
이메일   ezbook@jamobook.com

ISBN 979-11-93914-71-7 74810
      978-89-5707-898-3 (세트)

잘못된 책은 교환해 드립니다.

"콘텐츠로 만나는 새로운 세상, 콘텐츠를 만나는 새로운 방법, 책에 대한 새로운 생각"
이지북은 세상 모든 것에 대한 여러분의 소중한 콘텐츠를 기다립니다.